抗《あらが》う

時代小説と
今ここにある「戦争」

抗《あらが》う

時代小説と今ここにある「戦争」

目次

第一部 「死」の物語に抗う「生」の物語

I 強者にたちむかう

Ⅱ 語り直しは生き直し

Ⅳ　ここと別な世界へ、これとは別な生き方へ

第二部 堅固な歴史的常識をゆさぶる

はじめに　時代小説ブームのなかの「戦争」へ

「戦後派作家」は現代小説だけのものではない

時代小説にも戦争が暗い影をおとす。

新たにかかれる時代小説は、今ここにある戦争をつよく意識するだけでなく、今ここにある戦争との抗いのステージとなりつつある。

ただし、時代小説による戦争への抗いは今にはじまったのではない。

それはすでに二人の戦後派時代小説作家によって、あきらかだった。

二人の戦後派時代小説作家――バブル崩壊後の一九九〇年代前半にはじまり、ここ二五年以上もつづく「時代小説ブーム」の影の先導者、藤沢周平と山本周五郎を、わたしはこうよびたい。

戦後に時代小説をかきはじめた作家、ではない。

わたしのいう戦後派時代小説作家とは、アジア・太平洋戦争をふくむ一五年戦争への深甚な反省を個々の流儀でおこない、戦後にかきはじめた時代小説のなかでこそ、戦争への抗いの姿勢をつらぬきとおした作家のことである。

野間宏、埴谷雄高《はにやゆたか》、武田泰淳、大岡昇平、大西巨人、安部公房など、現在なお読みつがれる戦後派作家は多い。二〇〇一年の九・一一事件以後、世界中に「新しい戦争」がばらまかれ、二〇一五年には集団的自衛権を認め戦争法とも批判された平和安全法制の成立などによって戦争が国内でもひきよせられるなか、かつて戦争とのかかわりからみずからの生き方と文学のあり方を問いなおしたこれら戦後派作家の作品がふたたび、注目をあつめている。戦後派作家の作品を柱のひとつとした全二〇巻・別巻一の『コレクション戦争と文学』全集（集英社　二〇一一年〜二〇一三年）も刊行された。しかし——。

しかし、戦後派作家はいても、戦後派時代小説作家と名ざされ語りつがれる者はいない。

現代小説は、戦争をふくめ「現代」とがっぷりくみあえるが、現代から遠くはなれた時代を物語のステージとする時代小説は、「現代」とは無関係とでもいうのだろうか。

そんなことはない。

現代小説も時代小説も、さらにはSF、ファンタジーも、現代においてうみだされる「現代文学」のジャンルとして、「現代」にかかわらぬはずはない。

かかわりかたが、それぞれにことなるだけである。

次つぎに発表される時代小説を「時代小説の中の現代」という視点でとらえつづけてきたわたしに、これは自明のことだ。

戦後が七〇年をとうにこえた今。しかも新たな戦争が「平和」のしたり顔で回帰してきた今。そして、この二五年以上にわたり時代小説がブームでありつづけている今。

わたしはここで二人の戦後派時代小説作家、藤沢周平と山本周五郎をとおし、そして、二人がひっぱりつづける時代小説ブームのなかで続々と出現する新たな作品をとおし、時代小説における「戦争」と「戦後」を、そしてさらに「新たな戦前」を、総じて「時代小説の『戦争』」を、問題にしないわけにはいかない。

時代小説から現代の問題域をてらしだす

「時代小説の中の現代」は、現代の諸問題との格闘を華麗にくりひろげてきた雑誌『グラフィケーション』（隔月刊　富士ゼロックス）の編集者、田中和男さんからもらった連載のテーマである。

わたしは、その少し前に『藤沢周平　負を生きる物語』（集英社新書　二〇〇二年）を、次いで『周五郎流』（NHK生活人新書　二〇〇三年）を書下ろし、時代小説をめぐる評論をはじめたばかりだった。いな、正確にいえば、はじめた、のではなかった。つづいて準備していたのは、いろいろなところで断続的に書きつづけていた現代ホラー論、怪物論、戦争文学論、松本清張論、オキナワ文学論、現代演劇論などの新たな展開をそれぞれ一冊にまとめる作業であり、藤沢周平の急死がきっかけとなった時代小説評論は、藤沢周平、山本周五郎を論じたこの二冊の書下ろしで、ひとまず終わらせるはずだった。

そこに、『グラフィケーション』から「時代小説の中の現代」が、ほぼ時を同じくして『サンデー毎日』から最新時代小説をめぐるコラムの連載の依頼があり――毎月、新刊の時代小説をどんなに少なくとも一〇冊は読まねばならなくなった。連載を契機に他の雑誌、新聞、週刊誌からの依頼もふえた。ただし、ホラー論や怪物論、戦争文学論、オキナワ文学論、現代演劇論、松本清張論などをやめてしまったわけではない。もともとこれらはわたしのなかでひとつながりのものであり、ここに時代小説評論がくわわったのである。

そして「時代小説の中の現代」というテーマにうながされ、また、鬼才下谷《しもたに》二助《にすけ》さんの超奇抜で秀逸きわまりないイラストにたすけられ、時代小説に現代を読みこみ、現代を時代小説がどう意識し、どう抗《あらが》いをしかけているのかを明らかにする試みがスタートした。たとえばこんなタイトルで――。

世界を自壊させる「悪」の暗い輝き
決して悲観的になってはならぬ
権力にとりついたファム・ファタール
カオス・シティー江戸には変な奴が溢れている
やっぱり薄気味悪いニッポンの「座」

「品格」なき邪剣は戦争の闇を揺曳《ようえい》して
「これしかない」世界を変更するファンタジー
えらびとられた血と汚れと死の空間
ともにたたかう「なかま」が「共和国」

――こうしたタイトルからもわかるとおり、時代小説からも現代小説と同じくとりだせる問題というより、過去をステージに太い線で事態をくっきりうかびあがらせる時代小説によってだけあきらかとなる現代（いまとここ）の問題域を、さまざまな角度からてらしだす時代小説評論となった。

時代小説および歴史小説を、現代小説やSF小説、経済小説、ミステリーやファンタジーなどとおなじく「現代文学」とすれば、これはわたしにとって重要な現代文学論の試みのひとつになった。二〇一三年までに書いたものの大半は、『時代小説に会う！　その愉しみ、その怖さ、そのきらめきへ』（原書房　二〇〇七年）、『時代小説が来る！　広く、深く、にぎやかに』（同上　二〇一〇年）、そして『時代小説はゆく！「なかま」の再発見』（同上　二〇一三年）にまとめた。

「戦争嫌い、熱狂嫌い、流行嫌い」

時代小説ブームのなか、次つぎに登場する新しい作家、続ぞくと刊行される作品を経《へ》めぐりながらわたしは、わたしの時代小説体験のはじまりを忘れたわけではない。むしろ、時代小説にみちびいてくれた二人の作家、山本周五郎と藤沢周平への思いはいっそうつよくなり、連載でも機会あるたびに、くりかえし、くりかえし、とりあげてきた。

そしてここ数年、一強多弱の政治情勢を背景に「戦争のできる国」へ、さらには「戦争をする国」へという動きが加速されるのをまのあたりにしながら、わたしはかつて評論をまとめるほどつよまった藤沢周平と山本周五郎への関心が、九・一一事件からイラク戦争にいたる当時の国内外の戦争状態と不可分だったのを想起しないわけにはいかなかった。

『藤沢周平』の帯の言葉は「戦争嫌い、熱狂嫌い、流行嫌い」であり、『周五郎流』のそれは「戦争とリストラの時代に抗う豊饒なる物語世界へ」であった。いずれもわたしの提案である。

バブル経済崩壊後の一九九〇年代前半にはじまる時代小説ブーム（歴史小説ブームではない）は、藤沢周平を第一の表のひっぱり役とし、背後に山本周五郎のいる「市井もの」を中核とするブームだった。「市井」とは「（中国古代、井戸すなわち水のある所に人が集まり市ができたからいう）人家の集まっている所。まち。ちまた」（『広辞苑第六版』）のことで、時代小説の「市井もの」は、「町人もの」「庶民もの」ともよばれる。

歴史時代小説にかかわる戦後のブームは、五味康祐《やすすけ》と柴田錬三郎の剣豪小説ブーム（一九五〇年代後半）、村山知義、山田風太郎らの忍法小説ブーム（一九六〇年前後）、そして、井上靖や司馬遼太郎らの歴史小説ブーム（一九六〇年代初め〜七〇年代初め）とくりかえされたが、「市井もの」が中心のブームは今回がはじめてである。

ここ二五年以上つづく「市井もの」ブームに顕著なのは、戦国武将讃歌はもとより「武家もの」全般への根底的な疑いをばねにした、市井の生活者の日々の称揚だ。いいかえれば、武家社会の垂直的秩序の否定と、水平的にむすびつく人間関係の肯定である。これらの特長は、ブームのなかで登場した新鋭たちがえがく戦国武将礼讃ならぬ戦国もの、また、奇想天外な「伝奇もの」時代小説やファンタジー系時代小説にも共通する。

戦後における人間観の反転

わたしたちが現在あたりまえのように享受している「市井もの」のはじまりは、山本周五郎の『柳橋物語』である。

『柳橋物語』は、大火や出水を背景に、一八歳のおせんが幼馴染の職人庄吉と幸太の間に辿る数奇な半生の物語だ。戦中に精神主義的な『日本婦道記』を書いた山本周五郎が、生き急がずじっくり腰をすえ、町人の日々の生活にとりくもうと、敗戦の翌年の一九四六年に書きだした作品である。

山本周五郎は言う。「ぼくもジックリやりますよ。ますます脂っこく、もっともっと息の長いものを書く。ぼくは戦前までは、あまりに精神的な面に重点をおきすぎたようだ。(中略)醜悪な面も、全部ふくめたものが人間だ。そういう人間に四ツに取組むのが小説だということに気づいた」(談)。山本周五郎の「市井もの」は、じしんの戦争(戦時)との危ういかかわりへの猛省と、人間観の反転からはじめられた。

こうした独特で重厚な「市井もの」によって、山本周五郎は、戦後派時代小説家のみちをあゆみだす。「市井もの」の名作をかきつづける山本周五郎は同時に、戦争の時代に言祝《ことほ》がれた「死」に向かって生き急ぐ人間像への疑い、嫌悪を、「武家もの」作品でくりかえしあらわにした。

たとえば、『樅ノ木は残った』(一九五八年)で伊達家の重臣原田甲斐《かい》は思う。

国のため、藩のため主人のため、また愛する者のために、自らすすんで死ぬ、ということは、侍の道徳としてだけつくられたものではなく、人間感情のもっとも純粋な燃焼の一つとして存在して来たし、今後も存在することだろう。——だが、おれは好まない、甲斐はそっと頭を振った。たとえそれに意味があったとしても、できることなら「死」は避けるほうがいい。そういう死には犠牲の壮烈という美しさがあるかもしれないが、それでもなお、生きぬいてゆくことには、はるかに及ばないだろう。

また、『天地静大』（一九六一年）で、水谷郷臣《さとおみ》は言う。

もっと人間らしく、生きることを大事にし、栄華や名声とはかかわりなく、三十年、五十年をかけて、こつこつと金石を彫るような、じみな努力をするようにならないものか、散り際をきれいに、などという考えを踵にくっつけている限り、決して仕事らしい仕事はできないんだがな。

死をけっして言祝がぬ人びとへのつよい執着。ここにもまた、山本周五郎と戦争とのかかわり、その反転のありかたが、はっきりとしめされているだろう。

垂直的関係から水平的関係へ

『柳橋物語』からはじまる時代小説の「市井もの」を、山本周五郎のねちっこさ、しつようさ、つよさにみちた物語とはまたことなる、しなやかで張りのある清新な物語として継承したのが、藤沢周平である。

興味深いことに、長篇『柳橋物語』が山本周五郎にとって「市井もの」のはじまりであったとすれば、絵師北斎をえがく「市井もの」の短篇『溟《くら》い海』（一九七一年）でデビューした藤沢周平が、「市井もの」を書きつづける自信をえたのは連作短篇集『橋ものがたり』（一九八〇年）だった。

主人公おせんの新たで力強い歩みだしに「橋」がかかわる『柳橋物語』と、「橋」に人と人との切れない、おわりのないつながりをみいだす『橋ものがたり』とは、二人の作家それぞれの特長をよくあらわす。

藤沢周平に、「『美徳』の敬遠」（一九九一年）という、控えめのタイトルの、そのじつ、はげしい思いの炸裂するエッセイがある。

冒頭に自作の示すいくつかの傾向をおき、その傾向のよってきたる体験をたぐりよせ、藤沢周平はつぎのように書く。

戦争中、こっそりと葉隠に読みふけった自分や、武士道という言葉をふりかざして、居丈高にふるまっていた軍人たちの姿などが、ネガが突如としてポジに変るように、はっきりと見えて来たのは戦後のことであった。それは奇怪で、おぞましい光景であった。

おぞましいというのは、自分の運命が他者によっていとも簡単に左右されようとしたことである。（中略）汚い言葉を使えば、ひとをバカにしやがって、という気持ちである。しかも私はその時、級友をアジって一緒に予科練の試験を受けさせたりしたのだから、ことはプライドの問題ではすまない。幸いに、予科練にいった級友は塹壕掘りをやらされただけで帰って来たが、私も加害者だったのである。

その悔いは、二十数年たったいまも、私の胸から消えることがない。（中略）近ごろまた、私などにはぴんと来る、聞きおぼえのある声がひびきはじめた……。


英雄豪傑のひとりもでてこない物語。かっこよく生きて、かっこよく死ぬことをよしとせず、たとえみっともなくても、かけがえのない生をねばりづよく生きる人びとの物語。どのような権力や権威からも遠く、自分をささえるのは自分だけという者が、同様の者と出会い、むすびついていく物語。垂直的な関係からはなれ水平的な関係を生きる人びとの物語、あるいは……。

戦争を嫌い、熱狂を嫌い、そして日々の流行をも嫌う藤沢周平がかきつづけたこうした物語——「市井もの」から、架空の海坂《うなさか》藩を舞台とする独特な「武家もの」、「浪人もの」、「伝奇もの」、歴史小説まですべては、皇国少年の加害者意識にまでとどく「戦争」との抗いからはじまっていたのである。

時代小説は今、現代と抗う主たるステージになった

時代小説は、安定した「過去」にのみひらかれたノスタルジックで保守的な物語ではない。そうした傾向の時代小説は、「失われた二〇年」とよばれる苦境の時代に顕著となった時代小説ブームにあ

って、とうに主流ではなくなっている。

政治および社会全体の保守化がすすむなか、時代小説はノスタルジックで保守的な性格を払拭して、あいかわらず曖昧なニヒリズムと戯《たわむ》れ退潮しつづける現代小説にかわり「現代」と抗うステージになっている、といってもけっして過言ではない。

この一〇年近くわたしが時評、書評などでとりあげてきた多くの作品は、わたしたちの日々の生活とかけがえのない関係を毀損《きそん》する「現代」との抗いの、多種多様なるステージであった。

このステージが今、あわただしく接近する「戦争をする国」の、「新たな戦前」状態に抗し、さらにひろがりをみせつつある――。

時代小説はどのように戦争と向きあってきたのか。

時代小説は、いかに戦争と向きあおうとしているのか。

時代小説はどう戦争に向きあえばよいのか。

ここでわたしは、主に二〇一四年から今までに新たに刊行された時代小説の一作、一作をとおして、「時代小説の『戦争』」をうかびあがらせてみたい。

第一部

「死」の物語に抗う「生」の物語

I 強者にたちむかう

❶「勧強懲弱」時代の「勧弱懲強」物語

和田 竜 Wada Ryo 『村上海賊の娘』

新潮文庫（全四巻）

正体不明の少数者が来る

いよいよ戦いがはじまる。

難波海（大坂湾）南方から近づく相手はわずか五十艘。本願寺に味方する毛利勢一千艘の大軍がひき返してくる気配はまったくない。

一五七六（天正四）年七月――織田信長と本願寺との戦い（石山合戦）はすでに七年目を迎え、本願寺および一向一揆衆の敗北はいろこくなっていた。

世にいう「木津川合戦」のはじまりだ。

織田方の先鋒、眞鍋海賊の若き当主眞鍋七五三兵衛は、勝ちを確信し、勇躍、配下を船出させた。

「漕げえ！」

七五三兵衛は舳先《へさき》に立ち、大声で叱咤した。

「長列の陣」は文字通り、長々と蛇のごとく縦に隊列を組んで敵に向かう陣形だ。

先頭を、七五三兵衛と道夢斎の安宅が二艘並んで行った。その後ろに小早が続き総計百五十艘の船団は南方の敵に向かって直進した。

敵の五十艘もまっしぐらに北上してくる。同じ長列を組み、隊伍も乱さず猛烈な速さで漕ぎ寄せる船団は、巨大な矢のようであった。

正体不明の敵は、見る間に眞鍋家の船団に迫った。


『のぼうの城』（二〇〇七年）でデビューした和田竜の長篇、上下二巻、千頁近い『村上海賊の娘』もすでに三分の二を過ぎ第五章に入り、凄惨をきわめる海戦の物語はようやく具体的にうごきだした。戦端をひらくのはたった五十艘の小型軍船。

それにしても、勝ちを信じる真鍋海賊の堂々たる陣形に、少数ながら同じ陣形でまっしぐらに向ってくる「巨大な矢」とは、なんとも痛快な表現ではないか。

物語の語り手は、この場面では真鍋海賊の七五三兵衛に寄りそいつつも、織田方を射抜くおそるべき力を予感している。「正体不明な敵」は味方を動揺させる。

これこそ、「村上海賊の娘」の景《きょう》が率いる秘策の船団だった。

悲鳴とも怒号ともつかぬ叫び

景は戦を捨てたはずだった。

物語は三分の二近くを費やし、瀬戸内を実効支配する村上海賊三家のなかでも、もっとも独立不羈《ふき》の能島村上家の血をうけついだ景に、戦国の世の戦の常、自家を守るためにはどんな裏切りをも厭《いと》わぬ実情を、知らしめた。

景にとっては、村上海賊が加勢する毛利家も、敵となる織田方も、そして、志願する門徒を景が瀬戸内から連れていった石山本願寺も、こころ魅かれるものではなかった。だから、能島村上家も参加する、石山本願寺へ兵糧《ひょうろう》を運びこむ毛利勢の大船団に、景は加わらなかった。しかし――。

しかし、父の武吉から、毛利勢は兵糧を運びこむことなく途中で引きかえすという驚愕の事実が伝えられた瞬間、景のなかでなにかが炸裂する。

「ならば門徒どもはどうなるんじゃ」

武吉の肩を摑んで揺さぶった。上杉謙信などいつまで待っても軍を発することはない。いま頃は大坂の門徒も飢え死に、他の砦も根絶やしになっていることじゃろう」

「干上がる。（中略）

と言ったそのときだ。

景は天を仰ぎ、喉も裂けよと絶叫した。

それは悲鳴とも怒号ともつかぬ叫びであった。髪は逆立ち、眉は上がり、巨眼は赫っと見開かれた。

（中略）

（行くんだ）

景は勃然として決意した。


そのとき、景のこころにうかんだのは、地元の門徒で、砦の攻防で死んだ源爺や、木津砦に残った少年留吉の姿だった。

すべて自分のため、自家のために戦う自分勝手な者たちのなかにあって、門徒だけは「他人のために戦おう」としている、「オレは見事だと思った。立派だと思った。オレはそういう立派な奴らを助けてやりたい」。

ここに、景の戦いがはじまった。

反転のヒーロー、ヒロインのそろい踏み

和田竜お得意の、あざやかな反転、あざやかすぎる反転、である。反転による決意、決断、そして実行の物語といってよい。

『のぼうの城』では、人びとから「でく」とも「のぼう様」とよばれる成田長親が、退き退いた末に、「武ある者が武なき者を足蹴にし、才ある者が才なき者の鼻面をいいように引き回す。これが人の世か。ならばわしはいやじゃ」と述べ決然と締めくくった、「それが世の習いと申すなら、このわしは許さん」。

長親の思いはそのまま景のものであり、景の決断と果敢な実行は長親のそれとつながる。圧倒的に優位なブラック勢力が、桁違いに劣位な者たちを思いのままに扱い、使い捨てる時代の、反転のヒーロー、ヒロインのそろい踏み、である。

のぼう様の長親も、悍婦《かんぷ》で醜女とされた景も、通常のヒーロー、ヒロインとまるでちがうのは興味深い。二重、三重の反転が仕掛けられてはじめて、決断と実行はかがやくのである。

しかし、反転と決断と実行というなら、神業と謳われた信長のそれはどうか。

織田方の軍勢が木津砦攻めに失敗したと聞いた際の行動はこうえがかれる。「……信長は京にいて、妙覚寺を宿所としていた。織田方が敗走し、総大将の直政までが討たれたとの急報にふれるや、／『かっ』／と叫んで部屋を飛び出した。甲冑も着ず、ゆかたびら（現在の浴衣と思っていい）のまま馬に飛び乗ると、若江城に向って激走した。（中略）信長の出陣は大概がこんな調子である。取る物もとりあえず、いきなり飛び出す」。

行くんだと決意した直後、たちまち丸裸になって、島の崖っぷちから、逆巻く渦のなかに飛びこんだ景の行動は、信長の行動に似ていなくはない。いな、ほとんどかわらない。

物語は、二者を酷似させたうえで、引き離す。

景は弱き者に味方し、強き者に歯向かう。

強者に義はなく、義は弱者にのみある――勧善懲悪ならぬ「勧弱懲強」である。

背景にあるのは、戦後的価値の大々反転

この「勧弱懲強」思想、あまりにも単純で、絵に描いた力なき正義派というべきだろうか。そうではあるまい。

グローバルな規模での「勧強懲弱」がとめどなくすすみ、国内においても政治、経済、社会が一丸

となって「勧強懲弱」をおしすすめている現在、もはや中途半端で曖昧な物語はなんらリアリティをもたない。

中途半端で曖昧さを過剰に言祝ぐ現代小説（純文学）がいよいよ後退し、反転や決断、実行を突出させやすい時代小説のブームがつづくのはそれゆえだろう。

架空の作り物とみなされてきたエンターテインメントがリアルであるという、これまた反転現象の背景には、戦後的価値の大々反転という忌々《ゆゆ》しき現在があるのだ。

❷ 屈辱の歴史、ほとばしる怒り

安部龍太郎 Abe Ryutaro

『冬を待つ城』

新潮文庫

日本国から分離独立する理由

韓国の友人たちによって、五百頁をこえる分厚い韓国語版オリジナル批評選集『戦争・ホラー・闘争』をだしてもらった。それがきっかけで、韓国の雑誌「世界文学」から、「現代日本文学で世界文学にとどく作品はなにか」というテーマで文章を求められた。

直前に、ある講演で井上ひさしの『吉《き》里《り》吉《き》里《り》人《じん》』とりあげたこともあり、わたしは躊躇なく『吉里吉里人』をあげた。

東北の小さな村の、日本国からの分離独立とその顛末をえがいたユートピア小説。一九八一年に刊行されてからすでに三十年以上たつがいっこうに古びない。それどころか、たとえば、米軍辺野古新基地建設をめぐって「島ぐるみ」で国と対立する沖縄の現在を照射する、かっこうの物語になっていよう。

　隣国日本のテレビに映しだされた老人、主任出入国審査官トラキチ東郷が、口をひらく。

「……なぜ私どもが日本国から分離独立するに至ったか、長くなるかもしれませんが、やむにやまれぬその理由を、お聞きいただきたいと思います」「……私どもが独立に踏み切ったのは日本国に愛想が尽きたからであります」。いかに日本国がこれまで「国益」をふりかざし、そのじつ「中央」のために、吉里吉里をはじめとする無数の「地方」を好き勝手に踏みにじってきたか。国益の為だ増産しろ、国益の為だ減反しろ、……国益の為だ北上川上流の工場排水で村の川水は濁っても我慢しろ、国益の為だ文句言っても仕方ないぞ……などなど。

　老人の心と身体に長い年月、間断なくふりつもった屈辱があふれだし、怒りがほとばしる。

　同様の屈辱と怒りをばねに吉里吉里人四一八七人の、垂直的秩序から分離独立し、新たな水平的秩序を形成する試みがはじまる。そのラディカルな試みは、日本国のみならず、国内にそれぞれの「吉里吉里問題」をかかえる大国の暴力によってたった二日間で断たれてしまうのだが——試みはそれで終わらない。

　吉里吉里国の崩壊をつぶさに報告する語り手「キリキリ善兵衛」は遥か昔、当時の支配者に楯突き自害した、この地における一揆と独立の、なんと三百年にもおよぶ記録係だった。そんな辛抱づよい、しつこい者には、たった二日の独立と崩壊は、つぎの独立への教訓に富む体験となるのだ。

理不尽な中央の言いなりにはならない

野太く断固とした声がひびく。

「我が奥州は長い間、中央からの侵略にさらされてきた。阿倍比羅夫、坂上田村麻呂、前九年の役、後三年の役、源頼朝。そのたびに我らの先祖と奥州の大地は、屈服を強いられ屈辱に泣いてきたのだ」

来し方の屈辱を訴える政実《まさざね》の言葉に二の丸は水を打ったように静まった。将兵たちの誰もが胸の奥底にその思いを持ち、中央の理不尽に反感を抱いてきたのだった。

「そして今、同じことがくり返されようとしている。それでも黙って従うか」

「いんや、従うものか」

「そんだそんだ。言いなりになってたまるってが」

時は天正一九（一五九一）年。語るは奥州九戸城（現在の岩手県二戸市にあった）の主、九戸政実。聞くは三千人の城兵である。

『吉里吉里人』の語り手「キリキリ善兵衛」の同じ奥州での「誕生」からさらに百年近くさかのぼるとともに、屈辱と怒りの体験の層はいっそう深く、いっそう規模を拡大する。

安部龍太郎『冬を待つ城』（新潮社）の最初のクライマックスである。

十五万人対三千人

豊臣秀吉による天下統一事業の仕上げとして、小田原攻めにつづく奥州仕置（東北地方の領土処置）は、奥州に新たな秩序をもたらした。と同時に、そうした中央集権的な秩序に収まることをよしとしない者の反乱をうみだす。

南部氏の有力な一族だった九戸政実は、秀吉に忠誠を誓う南部本家の信直に背き挙兵した。

政実は言う。「このままでは信直は秀吉の忠実な代官になり下がり、命じられるままに領民からの収奪を続けるだろう。／刀狩で抵抗力を奪われ、検地の末に過重な年貢を課され、朝鮮出兵のために人足を徴用されたなら、奥州は疲弊のどん底に突き落とされる」。そして続ける。「我らの取るべき道は二つしかない。ひとつは秀吉の言いなりになり、この奥州を踏みつけにして自分だけが肥え太るのか。ひとつは故郷と共に生き、家族と領民を守るために秀吉の方針を変えさせるか。二つにひとつ、服従するか戦うかだ」。

このあと、先に引用した、中央の理不尽に従ってきた屈辱の歴史をはねかえす野太く断固とした決意の言葉がくる――。

奥州再仕置のために秀吉が編成した軍の総勢はなんと十五万人。いったいなぜ、小規模の一揆、反乱にかくまでの軍が必要だったのか。

この歴史上の謎にたいし物語は、ところどころに奥州再仕置の影の立案者、石田三成を登場させ、再仕置きの目的が奥州における大規模な人狩りであったと明かす。間近にせまる朝鮮出兵（侵略）のための足軽や人足の問答無用の徴用である。厳寒の敵地での戦いは、寒さに慣れた奥州人抜きには維持できないと三成は考えていた。

一つの終わりは多数の始まり

『冬を待つ城』の帯には、秀吉の包囲軍十五万、対する城兵三千という圧倒的な差の数字がならぶ。圧倒的な強者にわずかの者の挑む物語が、このところ増えている。始まりは和田竜『のぼうの城』あたりか。同じく和田の『村上海賊の娘』や、吉来《きら》駿作の『火男《ひをとこ》』はいっそう大きなスケールで少数者の奮闘をえがく。

「一強多弱」の政治情勢が、政治ばかりか経済、社会、労働、人間関係全般に理不尽な歪みを生じさせる時代の痛快な大逆転物語である。

本作品もそれらにつらなる。

寒さに慣れぬ再仕置軍を、極寒の冬に誘い込む政実の九戸城籠城作戦は功を奏し、政実はみずからの首とひきかえに、大規模な奥州人狩りを阻止した。

九戸政実を主人公にする作品に高橋克彦の大長編『天を衝く　秀吉に喧嘩を売った男九戸政実』（二〇〇一年）があり、そこで政実は死の直前、みずからの挙兵の意義をこう語る。「秀吉の政には人の道がない。力で圧するばかり。それに対して抗う者がきっと出る。これは手前で終わる戦にあらず。手前こそはじまり。秀吉の天下は手前とおなじ心を持つ者によって覆されよう」。

一つの終わりは多数の始まり。

こうした確信は、『冬を待つ城』にも引き継がれつつ、よりひろがりをみせる。それが物語に見え隠れする「山の王国」である。「奥州藤原氏の頃にきずかれた蝦夷《えぞ》の王国の伝統は、今も受け継がれている。山師や山立衆、マタギや山窩はすべて身方だ。一揆衆の中にも山の王国につながっている者が数多くいる」と政実は明かし、戦が「蝦夷の誇りと奥州の大義を守り抜く」闘いであると告げる。

死んだ政実の闘いを継ぎ、山の王国の一員としてはたらこうと弟の政則が山を目指して歩きだす物語の結末は、ほのあかるい。ここにもまた、辛抱づよく執拗な「キリキリ善兵衛」が姿形をかえてあらわれている――。

❸ 希望は人びとが変わること

宮部みゆき Miyabe Miyuki 『荒神』

新潮文庫

我欲と争いと破壊の奔流が怪物をうむ

ときに神も荒れる。

恵みと慈しみの神が一変して、荒神と化す。

驚異の怪物に姿を変える荒れた神に、人はなす術もない。

人はこの瞬間、荒神とは何で、人とは何かというぬきさしならぬ問いの前にたつ。

宮部みゆきはこれまでも、人の闇から社会の暗黒まで、人と社会の歪んだ怪物的なありようをとらえ、そのただなかに希望への反転を仕掛けてきた。が、「念願の怪獣もの」と自ら語り、実際に小山のごとき怪獣が出現し猛威をふるう『荒神』は、物語の絶えざる冒険者にとっても、最も冒険的な作品にちがいない。

ときは元禄、太平の世。東北の小藩、香山藩の山村が一夜にして壊滅状態となる。かろうじて生き延びた蓑吉少年はじいさまの言葉を思いだす。「お山ががんずいたら、もうどうしようもねぇんだぁ」。土地の言葉「がんずく」は飢えて怒り恨みに燃えているのを意味する。

お山付近は、主藩の永津野と支藩の香山との境界に位置し、争いが絶えなかった。香山は薬草作り、永津野は蚕畑のため山の自然を破壊し続ける。正体不明の風土病が広がり、藩内の権力闘争もくすぶる。諸大名の改易を狙う将軍綱吉が放つ公儀隠密の影に、両藩も脅かされていた。

永津野に謎の人物曽谷弾正《だんじょう》があらわれ藩主側近として権勢を振るい、美しい妹の朱音を呼びよせたとき、我欲と争いと破壊の奔流は堰をきって溢れ、ついに奇怪な怪獣の出現をみる。

「大きな蜥蜴のような、蛇のような、蝦蟇《がま》のような、それでいて吠えたてる声は熊のようで」、そして眼がない。咆哮し人を喰らい彷徨する、悲しみと苦しみと怒りの巨大怪獣……。

香山藩元小姓の小日向直弥に、直弥を山に導くやじ、怪しい動きの絵師菊地圓秀、朱音を守る宋栄ら登場人物の前で、怪獣はそのつど微妙に姿を変えつつ、人びとに我欲と争いと破壊からの脱却を執拗にうながす。

怪物があらわれた、人びとが変われ

怪物（怪獣）物語の定型は「怪物があらわれた、怪物を殺せ（隠せ）」である。

しかし、怪物の出現が、それを生みだした人と社会への暴力的な警告であるとき、怪物をうけとめ鎮められるのはただ、「怪物があらわれた、人びとが変われ」のねばりづよい実践だけだ。

最初は怪物退治譚に傾く『荒神』はやがて、人びとに変更を迫る優れた怪物物語へと転じる。世にも凄惨な出来事が、人びとの協力によってひとまず終止符をうたれた後――春のお山は慈《いつく》しみの光に溢れる。

幾多の難問が、怪物的相貌で次つぎにたちあがる三・一一以後。

難問を遠ざけることでも隠蔽するのでもなく、正体を見究め力をあわせ、わたしたち自身が変わろうとすれば、それがそのまま希望となる。

『荒神』は難局の連鎖する今読むべき、暗黒の怪獣出現譚にして、希望にみちた人間変更の物語といってよい。

❹ 日本的死の美学を、突きやぶる

山本周五郎 Yamamoto Shugoro

『生きている源八』 新潮文庫

桜イメージの転倒

花と葉を同時にひらく山桜が、鎌倉の低い山やまを、まるで霞のようにおおう。すると、わたしはかならず、中里介山『大菩薩峠』(一九一三年〜一九四一年、未完)冒頭近くに出来する、桜の花の満開の下での白昼の惨劇を想起してしまう。

『大菩薩峠都新聞版』(全九巻)の刊行がはじまり、ひさしぶりに都新聞連載時の物語にふれた今年は、なおさらである。

『大菩薩峠』は一瞬で桜に暗鬱なイメージを浴びせかけるが、山本周五郎は、戦後の時代小説作品のなかでくりかえし、従来の物語におなじみの桜のイメージを確定したうえで、それをみごとに転倒してみせた。

たとえば、幕末の動乱を背景とした長篇小説『天地静大』（一九六一年）の一節。

「さくら花か」郷臣は吐き出すように云った、「散り際をいさぎよくせよ、さくら花の如く咲き、さくら花のようにいさぎよく散れ、――いやな考えかただな」

郷臣は歩きだしながら続けた、「この国の歴史には、桜のように華やかに咲き、たちまち散り去った英雄が多い、一般にも哀詩に謳われるような英雄や豪傑を好むふうが強い、どうしてだろう、この気候風土のためだろうか、それとも日本人という民族の血のためだろうか」

「こんなふうであってはならない」と郷臣はまた云った、「もっと人間らしく、生きることを大事にし、栄華や名声とはかかわりなく、三十年、五十年をかけて、こつこつと金石を彫るような、じみな努力をするようにならないものか、散り際をきれいに、などという考えを踵《かかと》にくっつけている限り、決して仕事らしい仕事はできないんだがな」

山本周五郎らしい反復の多い執拗な文体が、主人公のひとり水谷郷臣の思いをつたえる。

日本的死の美学がふきあれた時代に

思いのベースにあるのは、いわば「日本的死の美学」への、つよい嫌悪である。対象をならべたうえでの、「――いやな考え方だな」という言葉が効いている。

「日本的死の美学」への嫌悪からはじめ、あくまでも生きぬくことを称揚する。

それは、代表作のひとつ『樅ノ木は残った』（一九五八年）にも登場していた。「できることなら『死』は避けるほうがいい。そういう死には犠牲の壮烈という美しさがあるかもしれないが、それでもなお、生きぬいてゆくことには、はるかに及ばないだろう」。

主人公原田甲斐の言葉である。生きぬくことができず、たとえ死ななくてはならなくなっても――なお生きようと思う。その思いの象徴こそ、桜木ならぬ、残された一本の樅ノ木であるのはいうまでもない。

ただし、これらはいずれも戦後の作品である。では、「日本的死の美学」の嵐がふきあれた戦中は、どうだったのだろう。

「生きている源八」という奇異なタイトルの短篇小説がある。一九四四年の暮れに、雑誌「新武道」に発表された。作家の死後二十年以上経って、木村久邇典《くにのり》の精査により発見され、「小説新潮」一九八八年四月号に「山本周五郎『幻の短篇』を発掘」と銘打たれ掲載された。現在は新潮文庫の『生きている源八』で読める。

ひょいと帰ってくる

はじまりは、こうである。

元亀、天正のころ、徳川家康旗下の酒井忠次に属する徒士で兵庫源八郎という者がいた。五尺そこそこの小男でもあり、色の黒い眼尻のさがった、しかんだような顔つきで、どうひいき眼にみても豪勇の風格とはいえない、またじっさい幾たびとなく合戦に出ているが、これといってめざましい功名をたてたことがなかった。

いかめしい言葉で書きだされてすぐ、非英雄的な容姿と行為の紹介となる。パロディのような落差のある叙述が読む者の意表をつく。では、なぜ源八が話題になるのか。

「源八郎はどんな激しい合戦にも必らず生きて還る、その属している隊が殆んど全滅するような場合にも、かれだけはふしぎに生きて還るのだ」

「こんどこそ一兵も残らず全滅だろう、そう思えたこともたびたびである、けれども源八郎は生きていた。屍山血河ともいうべき惨澹たる戦場の中から、かれだけはいつものっそりと起ちあがって来るのだ。少しもめげない、どうかすると自分でもふしぎだという顔つきで、ひき千切れた草摺をぶらさげ、血刀を握ってのっそりと起ちあがって来るのだ」

部下が全滅したときも——生きている源八、なのだ。兵士たちのあいだでとりざたされないはずはない。

源八は戦から逃げているのではない。明けっ放しで無謀な戦いぶりが、周囲を明るく活気づけもする。しかしそう語られてなお、部下が全滅しても源八がなぜひとり生きて還ってくるのかの説明にはとどかない。物語中、「ふしぎ」がくりかえされるゆえんである。

物語のラスト、これまでもっとも激しい戦で、とうとう源八もだめかとみながあきらめていると、「叢林を押し分ける物音がして、やがてひょいと広場へ一人の武者があらわれた」。戦の顚末を語る源八をみなの哄笑が賑やかにつつむ。

『永遠のゼロ』は新たな日本的死の美学へと導く

敗戦が刻一刻と近づき、兵士たちの「全滅」時代、「玉砕」時代、そして「特攻」時代に、それでもなお生きのびる者の「ふしぎ」物語、なのである。切実きわまりないファンタジーか。

たあいのない夢物語ではない。負けて生きのびることを禁じられた兵士たちは、「日本的な死の美学」にもあおられ、もはや生存を夢みることも禁じられている。死へとまっさかさまに堕ちていくときが刻々と迫るさなか、いかなる理不尽さをも突きやぶって、「生きて還る」源八が突出する。くりかえし、くりかえし、あらわれでるのだ。

山田宗睦《むねむつ》は『山本周五郎　宿命と人間の絆』で、山本周五郎の戦中の作品は、「時局とはりあわせの微妙なところで、しかし、時局便乗とはぎりぎりちがうものを、えがいた」と巧みに表現している。が、他の作品はともかく、「生きている源八」に関しては、「ぎりぎりちがうもの」という表現はあてはまらない。この作品で山本周五郎は、「生きている」ことを、この時局にあって絶対的な異物、理不尽なる異物として、かがやかせてみせた。

「生きている」ことの無条件の肯定、ただそれだけが戦争のトータルな否定に途をひらくだろう。

このところ、百田尚樹の『永遠のゼロ』が大人気である。

「宮部はいつもまったく無傷で帰って来た。出撃した半数近くがやられるような激しい戦いでも、奴はしれっとした顔で帰って来た」と周囲から非難されるゼロ戦乗りのパイロット宮部久蔵は、「生きている源八」そのものである。

しかも、凄腕だが他の兵からは臆病者にうつり、「生きて帰りたい」と言って特攻を志願しない宮部は、意識的に当時の「日本的死の美学」を拒んでいる。しかし――。

しかし、「生きている源八」がただひとつ「生きている」ことを突出させるのにたいし、『永遠のゼロ』はちがう。宮部に「妻のために死にたくない」「娘に会うためには、何としても死ねない」をくりかえさせたうえで、そうした「……ために」を、語り手の青年をはじめとする他の登場人物に、任務のため、家族のため、そして祖国のためと、語りなおさせるのだ。

「日本的死の美学」を旧式ゆえに否定し、結局のところ新たな「日本的死の美学」へと導く『永遠のゼロ』は、「生きている源八」から出発しその対極にいたる確信犯的な作品であり、再び「日本的死の美学」がさまざまなかたちで奏でられはじめた時代に、人びとを感涙でお手上げにする悪しき俗情の物語なのである。

こんな物語を突きやぶり、どんな戦争をも退けて陽気にあらわれいでよ、新たな「生きている源八」！

❺ 生きつづける西郷隆盛が「明治一五〇年」を問いなおす

海音寺潮五郎 Kaionji Chogoro

『西郷と大久保と久光』

朝日文庫

原イメージとしての西郷と西南戦争

西郷隆盛が、好きで、好きでたまらない――『西郷と大久保と久光』なるいささか素っ気ないタイトルの本作品中、どの場面からもたちのぼる、否、はじまりからおわりにいたる一字一句すべてからふきあげる、つよく、はげしく、つきない作者の思いである。

この世に平和な理想社会を希求する永久革命家にして私欲なき悲劇的主人公、西郷隆盛をえがくときはもちろん、若き日からの盟友で最後に決裂する天性の政治家、大久保利通にふれるときにも、そして、最初からそりがあわず互いに憎みあった頑迷な保守主義者、島津久光をとらえるときにも、西郷への作者の一途な思いがあふれでる。

歴史小説にはめずらしい「私」語りの「です、ます」文体は、わたしたち読者にとって眼前の作者の語りかけに聞こえるから、なおさらそう感じるのか。

海音寺潮五郎ときけば即座に、西郷隆盛をめぐる膨大な作品群を思いうかべる読者は、けっしてわたしだけではあるまい。

海音寺潮五郎（本名末冨東作）の写真のどっしりとした印象も、どこか西郷隆盛の威風を思わせる。海音寺が西郷で、西郷が海音寺で……。

流行作家であった海音寺が途中ジャーナリズム引退宣言までして、一九六一年からその死の一九七七年まで書き継いだ作品で、「日本史伝文学の最高峰」との評価の定着する未完の大長篇史伝『西郷隆盛』第一巻の「あとがき」（一九七六年記）はこうはじまる。

「私が西郷の伝記を書こうと思い立ったのは、私が西郷が好きだからです」。そして、つづける。「伝記というものは、ほれこんで、好きで好きでたまらない者が書くべきものと、私は信じています。（中略）ほれては書けないなどと言う人は、人間というものを知らないのです」

海音寺潮五郎の文学的営為の最後に西郷隆盛があるように、じつは、海音寺の体験と記憶の最初にあったのも西郷である。

『海音寺潮五郎全集　第十一巻』には『西郷隆盛』の第一巻、第二巻が収められており、その「あとがき」（一九七〇年記）には、海音寺の「西郷が好き」のはじまりが、薩摩での少年時代に発するとしるされている。

「当時の薩摩には西南戦争に出たおじさん達が多数いました。ですから、その頃の薩摩の少年らは、その人々から西南戦争の話を聞き、西郷の話を聞いて育ちました」。さらに、いう。「わたくしはいつも感動に湧き立つ胸をおさえ、耳をすまして、聞きほれました。わたくしにとっては、西南戦争の話はイリヤッドであり、西郷の話はオデッセイだったのです」

海音寺少年にとって、西南戦争と西郷は、人と社会と闘争の原イメージ、しかも郷里の多くの人びととかさなる原イメージだった。西郷好きは一人のものではなく多くの人びとに共有されていた。出来事と人の共同体的な原イメージに、あるときは破壊的に、あるときは変更的に、あるときはいっそうの親密化、鮮明化をはかろうとかかわるのが歴史小説だとすれば、西南戦争と西郷は、海音寺にとって歴史小説との関係の端緒となったといえよう。

「暗い明治」にさからう「瞬間の明治」

本書が書店に並ぶころには、きっと西郷隆盛コーナーができているはずだ。コーナーのもっとも目立つところには、二〇一八年度のNHK大河ドラマ『西郷《せご》どん』の原作である林真理子の『西郷どん!』が、そして、インタビュー「林真理子さんが語る、西郷どん!」で、「西郷隆盛の伝記は、海音寺潮五郎先生が素晴らしいものを書いていらっしゃいます。後にいろんな作家も参考にしたほどの、単なる小説を通り越した、国の宝のような作品です」と絶賛する海音寺潮五郎の大長篇史伝『西郷隆盛』全九巻が、その衛星群ともいうべき『史伝西郷隆盛』、『西郷隆盛』全四巻、『西郷と大久保』、そして本書『西郷と大久保と久光』などが並ぶにちがいない。また、司馬遼太郎『翔ぶが如く』や池波正太郎『西郷隆盛』、さらには西郷をめぐる最新の歴史書も多く並ぶだろう。

ひさしぶりに西郷隆盛ブームがやってくる——。

二〇一八年は「明治一五〇年」にあたる。この一五〇年は、明治維新から大日本帝国の破局的壊滅まで「戦争」のつづいた七七年間と、敗戦から現在までの永い「戦後」の七三年にわかたれる。ほぼ同じ時間がすぎたことになる。

わたしは、「明治一五〇年」というイベント自体にはほとんど関心がない。「この『明治150年』をきっかけとして、明治以降の歩みを次世代に遺すことや、明治の精神に学び、日本の強みを再認識することは、大変重要なこと」（政府広報オンライン「『明治150年』に向けた取組み」より）という見方が、維新後すぐにはじまる政治権力の腐敗、過度の国民統合および統制、侵略的膨張主義にまったくふれないきれいごとであるのには、つよい違和感をおぼえる。ただし、政府の方向づけをうらぎるかのように、今このイベントをひっぱるのが西郷隆盛であるのに、わたしはすこし安堵しないわけにはいかない。

大久保利通の明治でも、山県有朋の明治でも、伊藤博文の明治でも、また数多の将軍たちの明治でもなく、彼らの「暗い明治」に逆らうかのように死んだ西郷隆盛の、いわば「瞬間の明治」であることに。

過去を現在にし、死者を生者にする

いうまでもなく、戦後においてひろく常識化していた西郷隆盛像――明治維新の開明性に反する保守反動の首魁にして侵略的膨張主義の主導者なる西郷隆盛像は、今は一変している。西郷が強硬な征韓論者でもなく、特権を維持したい士族の棟梁でもなかったことを史料をもとに説いた、近代政治史の毛利敏彦の『明治六年政変』が一九七九年に出て、変化のきっかけとなった。最近も、近代政治史の坂野潤治が『西郷隆盛と明治維新』で、議会制の導入と封建制の打破に尽力した西郷隆盛像を提出している。

しかし、こうした学者の議論のはるか以前から海音寺潮五郎は、戦後の悪しき西郷隆盛像にたいし、それは、西南戦争時に政府主導でなされた悪口に発し、近代においては右翼人に支持され満州事変以後は知識人に危険視されて戦後に一般化する虚像とみなし、複雑怪奇な維新史を背景に永久革命家西郷隆盛の実像を執拗に、そして詳細にえがきつづけた。

一九五五年から一九七七年までつづいた海音寺の試みは、大長篇史伝『西郷隆盛』およびその衛星群の諸作品となってわたしたちの前にある。

大長篇史伝『西郷隆盛』が未完になったのと同じく、本作品もまた作者の死によって未完となった作品である。従来、本作品は『西郷隆盛』第一巻および第二巻の補遺的作品とみなされてきた。たしかに、『西郷隆盛』で省略された挿話が多く書きこまれている。しかし本作品の意義はそれにとどまらない。

第一に、海音寺版西郷隆盛でもっとも遅く書きだされたことから、それまでの試みを鳥瞰的にみわたし、集約する作品となっている。

第二に、冒頭で島津久光を天性の保守家として登場させ、久光の兄の島津斉彬《なりあきら》の進歩性、開明性と対比したのは、斉彬を敬慕した西郷が開明的進歩的な人物であることをしめす。本作品は戦後に常識化した西郷隆盛像を明確に否定することからはじまっている。

第三に、警察国家フランスに倣い、「国民の自由な言説を封じて、一筋に政府の指導する方向に進ませ」ようとした大久保利通の統制主義を指摘し、対する西郷の根っからの統制主義嫌いをあきらかにする。

第四に、西郷をこの世に理想社会をもとめる永久革命家とし、それゆえに「俗世間からよってたかっておし潰され、殺されるよりほかはない人間だった」とする。

第五に、世に容れられぬ悲劇的人物である西郷は、しかし、みずから死をもとめたり、死をいさぎよくするなどしなかった。西郷が城山で死んだのは被弾し天命尽きたと納得したからで、もし西郷が官軍に捕らえられたとしたらどうなったか。「彼は生きつづけて、裁判の場において、大久保らと対決して、堂々と所信を開陳し、大久保の政治を難詰し、維新の初一念を回復せよと要求してやまなかっただろうと思います」。

生きつづける西郷隆盛。これは、凄惨な死をとおざけて得られる生のイメージではない。凄惨な死をとおしてなお、というより、死をとおすがゆえにいっそう濃密で活きいきとした生のイメージであり、本作品のみならず海音寺版西郷隆盛の核心にあるイメージといってよい。

歴史小説および史伝ものは、過去を現在にし、死者を生者としてよみがえらせる。西郷隆盛を好きで好きでたまらぬ海音寺潮五郎は、みずからの筆で生きつづける西郷隆盛を、深いよろこびとともに感じていたはずである。

政治の腐敗を厭い、権力の乱用を戒め、近隣との平和的共存を希求し、たえざる社会変革、人間変革を実行するがゆえに、もっとも早く明治を去った西郷隆盛こそが、多くの物語を生きつづけて今、変わらぬ覇者の「明治一五〇年」を根底から問いなおす――。

❻ けっして、あきらめない

小嵐九八郎 Koarashi Kuhachiro 『我れ、美に殉ず』 講談社

江戸の絵師たち

あきらめざる者の登場だ。

執着して、さらに執着して、なお執着して——。

なにがあろうと、とことん執着しぬく。

しかも、ひとりではない。

四方をがっちりとかためるがごとき鉄壁の四人衆の登場である。

小嵐九八郎の書き下ろし長篇作品『我れ、美に殉ず』には、江戸の絵師、久隅守景《くすみもりかげ》、英一蝶《はなぶさいっちょう》、伊《い》藤若冲《とうじゃくちゅう》、浦上玉堂《うらがみぎょくどう》があらわれて、絵への稀有の執着ぶりを全開にする。

それぞれよく知られた絵が、章のはじまりに掲げられている。「納涼図屏風」（久隅守景）、「吉原風

俗図絵の妓楼《ぎろう》奥室」（英一蝶）、「動植綵絵《さいえ》の群鶏図」（伊藤若冲）、「東雲篩雪図《とううんしせつ》」（浦上玉堂）。わたしたち誰もが一度は目にし、他にまぎれぬ残影をこころに宿しているはずの絵である。

いったい、これらの絵はどのようにして成ったのか。四章とも、成立の謎を解くようにして物語がすすむ。一枚の絵をめぐるミステリーの趣きである。

とはいえ、絵にひそむのは驚天動地の出来事ではないし、またミステリータッチとはいえ、出来事をめぐる理詰めで整然とした追及があるわけではない。

それぞれの絵師の内面が物語の広大なステージとなる。人の内面とはかくもありふれているとともに複雑怪奇で、かくも豊かでいて同時に貧しいものか。なんとふらつき、なんと一途なものか。端正や剛直が称賛される歴史時代小説でこれほど、相反する内面のうごきが微細にえんえんとかきこまれるのは稀有といわねばならない。

そんなかきこみにしたがい、モノクロ印刷された絵にすこしずつ、色がついてゆく。

止むことのない「ぶつくさ」

「第一章　これ、この一作に悶え、死す」の久隅守景は、若くして画壇の権力者狩野探幽の「四天王」と言祝がれながらその位置にとどまれず、描いても描いても満足できないまま、はや七十歳に近づいていた。

そんなある日、松の幹にからむ烏瓜の白い花を見た守景は、「頑張ってらあ。／しぶとい。粘り強え。／健気じゃねえか」と独り語つ——。


守景に、いきなり、むらむらと絵を描きたい本能へのねちねちしたしがみつきが蘇る。

鰯の油で干物の匂いに満ちて橙色になっている角行灯の小屋へ戻り、捨て切れなかった硯と墨を出す。ちょっぴり甘ったるくなるが、稽古絵のための生き写し用の猫の毛でできた、柔らかい線を出せる則妙筆を、埃の被った箱から出す。屑屋に売るつもりの反故紙《ほごがみ》を流しの下の湿った隙間から引っ張り出す。

急ぐんだぜ、おのれ、守景。

烏瓜の花は、夜四ツ、江戸では町木戸の閉じる頃には、萎みはじめらあ。

うむ。

もう、「この一点」なんつうのは望まねえ。

描きてえから、描く。

さっそうとしていない。かっこよくない。きれいごとではない。

「ねちねちしたしがみつき」の言葉どおり、ぐずぐず、はっきりしない独り言がどこまでもつづく。年をとればそれなりに枯れるといった常識は守景には通用しない。若いときはもちろん、この年になってもぶつくさはやむことない。むしろ、いっそうはなはだしいものになっている。ときにそれはぶつくさのままに炸裂し、いつまでもたっても実現しない絵をかきあげることに執着する、あきらめざる者がとびだしてくるのだ。

しかし守景が、農村の一家族のやすらぎのときをのびやかにとらえた「納涼図屏風」へとどくには、「描きてえから、描く」ときめてからも、さらに十数年を要したのである。

ぶつくさをつづける「あきらめざる者」の炸裂は、久隅守景だけではなく、英一蝶、伊藤若冲、浦上玉堂に共通する。こんな四人の肖像からたちあがるのは、もちろん、作者小嵐九八郎その人である。

創造の手前の歯軋りからうまれる炸裂的な夢

稀代の花火師玉屋市郎兵衛をえがく『悪たれの華』に出会って以来、小嵐九八郎の作品に接するたび、わたしはおどろくとともに、ふかく納得してきた。宮本武蔵晩年の剣聖像をひきちぎる『悪武蔵』、イエスにかけたユダの暗い政治をとらえた『天のお父っとなぜに見捨てる』などである。

八方破れのきわみだが、偶像破壊にけっして満足しない。

その時々の人ならざる人の創造、その時々の社会ならざる社会の創造がある。

すくなくとも、創造の手前の歯軋りからうまれる炸裂的な夢がある。

そこではイメージがにわかに乱れ、言葉がいつしか方言の宝石に変じ、人が一歩未来の闇へ嬉々として投身する。

わたしは小嵐九八郎を、佐々木譲、船戸与一、北方謙三、飯嶋和一らといっしょに歴史時代小説界の「一九七〇年組」と呼んできた。とりわけ小嵐九八郎の作品にはいつも、長いながい少数派政治運動の末に選びとった独自の、言葉とイメージの政治が見え隠れする。

すなわち、言葉とイメージにおける常識の大転倒からはじまる、時々の人間と社会ならざる人間と社会の創造の夢である。

『我れ、美に殉ず』において、そうした創造の夢は、四人の「あきらめざる者」の肖像に託されている、といってよいだろう。

この者たちはいったいなにをあきらめないのか。

時代も作風もことなる四人の表現者をつらぬくのは、見えにくいが静かで大きな社会の転形期を、それぞれの絵で可視化したいという強烈な欲望である。磐石にみえる江戸幕藩体制にあってなお、社会はかくじつにうごき、制度から言葉やイメージにいたる従来の秩序、権力、権威は瓦解し、最中には生きいきとした人と社会の形姿がきれぎれにうかびあがる。そんな形姿の片鱗を絵でとらえること

——「あきらめざる者」の夢だ。

絵師の権威をこなごなにしている男

狩野派の御用絵師にあきたらず、普通の人びとの生活の活写にとどく久隅守景はもとより、「第二章 外面は百態、魂は不撓」の英一蝶は生類憐みの令で三宅島に島流しにあうが、「負」の体験が絵に生のかがやきをもたらす。

「第三章 生きとし生ける物へすべて命を」に登場する伊藤若冲は、京都の青物問屋の長男で店を継ぐがすぐに隠居して、幼い頃から関心をうばわれつづけてきた生き物、生きとし生けるものすべてを讃えの心で描いた。

「第四章 失いしものを深追いして」の浦上玉堂は、備前池田藩の支藩の大目付の役にありながら脱藩し、我流をつらぬく放浪の文人画家。ほとんど唯一の理解者である大坂商人にして文人木村蒹葭堂《けんかどう》は、「技の無知による謀叛の画」と看破し、玉堂を励ます。「玉堂さまあ、あ。下手糞のまま、決して、諦めんで居直り、画を、追いに追って、追ってえ、え……やっぱあ、無駄を踏み続けることでっせえ」。

蒹葭堂は、玉堂が死んだ後も語ることをやめなかった。「画の六法は知らん男や。ちゃうか、わざとの強いての無視か蔑みか。せやけどな、大工は大工、百姓は農、絵師は絵、俳諧師は五七五、三味線弾きは三味線とゆうような固まって細かくある職とか能とかの枠の塀をぶっ壊し、大工が大工でのうて畑を耕やすがごとき、公家が槍や刀を持つみてえに、画にど素人が真向かい、唐の清やこの国での絵師の権威や儲けや技を粉粉にしている男やねん」。

いいねえ、この男、玉堂！

II 語り直しは生き直し

7 過去にさかのぼり別の世界への通路をこじあける

安部龍太郎 Abe Ryutaro 『維新の肖像』 角川文庫

歴史小説の意義を問いなおす「メタ歴史小説」

いったい人は、なぜ歴史小説を書くのか。

どうして人は、歴史小説を読むのか。

歴史にかんしてははるかに正確なはずの歴史書ではなく、また歴史年表を繰るのでもない。いな、それらに接してなお、あるいは接するがゆえにこそ、さらに一歩すすみでて歴史小説を書き、読もうとするのはなにゆえか。そしてそれは、いつ、なのか。

「メタフィクション」がフィクションをめぐるフィクション、すなわちフィクションの意義を問いな

おすフィクションであるとすれば、物語内で今まさに書かれつつある歴史小説を、その書き手のがわから問いなおそうとする安部龍太郎の歴史小説『維新の肖像』は、「メタ歴史小説」の試みといってよい。

しかしそれにしても、安部龍太郎はどんな理由で、こうしたやっかいな試みを敢行したのか。

「日本はどうしてこんな国になったのか」

「日本はどうしてこんな国になったのか。何がどこで間違ったのか……」。満州事変、上海事変と日本が中国侵略の野望をむきだしにしていた一九三二年、アメリカ北東部のニューヘブン市で、イェール大学教授で歴史学者の朝河貫一は思い屈していた――。

朝河貫一は、一八七三（明治六）年、福島県二本松に生まれた。福島尋常中学校（のちの安積中学）から東京専門学校（のちの早大）へ。首席卒業後、貫一の類まれな才能を認めた大隈重信、徳富蘇峰、勝海舟らから渡航費用の援助をうけてアメリカに渡った。ダートマス大学、イェール大学大学院に学び、一九〇二年に学位論文「六四五年の改革（大化改新）の研究」で博士号を授与された。一九三七年には日本人で初のイェール大学教授となった。滞米五十余年、日本の国家的破滅を重くうけとめつつ一九四七年に没した。著書には、島津藩の入来院《いりきいん》家の文書を独自の観点で整理した『入来文書』、日露

戦後の日本の膨張主義を激しく難じた唯一の和文著作『日本の禍機』などがある。

近世史学者阿部善雄は伝記『最後の「日本人」　朝河貫一の生涯』（一九八三年）で貫一の全貌をこう簡潔に記す。「博士は今世紀最大の比較法制史学者であるとともに、国際政治学の分野でも、比類ない造詣と洞察力を備えた人物であった。それだけに彼の頭脳から流れ出た各国の政治と各国民の国民性にたいする批判は格別にすぐれ、また明治四十年代以後における日本の独善的な外交と無謀な侵略戦争にたいする愛国的な非難も、まことにきびしく且つ的確なものだった」

かくまでに最大級の賛辞をおくられる朝河貫一がなぜ、日本では黙殺されてきたか。中国研究家矢吹晋は『朝河貫一とその時代』（二〇〇七年）で、貫一の独創は、戦前は皇国史観から無視され、戦後はドグマにとらわれた正統派歴史学に無視されたと指摘する。

小説で新たな維新像をえがく

「日本はどうしてこんな国になったのか。何がどこで間違ったのか……」。深い憂慮とともに物語に登場する朝河貫一は、日本の堕落の根本原因を尋ねてついに明治維新にいたる。大化の改新とならぶ革命と考えてきた維新の思想と制度にこそ、大きな欠陥があったのではあるまいか。

こうした問いの向こうに、貫一の父、二十二歳で維新の荒波をかぶり、二本松藩士として、不正と

卑怯のかぎりをつくす新政府軍との過酷な戊辰《ぼしん》戦争を戦った宗形幸八郎昌武（後の朝河正澄）がうかびあがる。

維新を肯定する立場からは、父たちの戦いは時代の圧倒的な流れに逆行する旧守派のおろかな反乱にすぎない。しかし維新そのものが誤ったものなら、父たちの戦いはまったくちがった意味をおびてくる。

今までとは異なる維新論を書きたい。かつて「我らの遺言だと思ってくれ」と父から託された古い書付の束を思いおこす貫一は、それらを読みはじめた。父の手記をはじめ、手紙、上役からの命令書など、なかには貫一の母で早逝した朝河ウタの手紙もあった。


（ああ、私はここから生まれたのだ）

その実感に打たれ、流れる涙をおさえることができなかった。

この資料は父が言ったように「我らの遺言」である。これを元に新しい維新像を書きたいと思ったが、論文にするのはためらわれた。

資料を客観的に分析し、客観性を尊重しつつひとつの結論を導き出すには、これはあまりに温かすぎる。

（涙なくして読めないものを、どうして分析的に突き放すことができようか……）

貫一は思い悩んだ末に小説にしてみてはどうかと考えた。

小説を書いたことはない。しかし「小説なら父が残してくれた資料と対話しながら、自分の内面にひそむ思いを掘り起こすことができる」のではあるまいか。

圧倒的な時流に抗する父と子

かくして、物語の冒頭があらわれた。「犬が吠えている。獲物を争っているのか、数匹が殺気立った声で吠え立てている。あれは桜川ぞいの明地のあたりである。／（嫌な声だ）」

薩摩藩が放つ御用盗によって騒然とする江戸市中巡視の任務につく昌武の、殺伐とした状況への異和感があふれでるはじまりになった。これはそのまま書き手である貫一の、「ならず者」のごとく他国に攻めいる日本への積もり積もった嫌悪でもあろう。

物語は、一八六七年の江戸にはじまり翌年の二本松藩の滅亡にいたる昌武の体験と、一九三二年、反日意識の高まりのなか、さまざまな迫害をうけつつ、父の肖像を書く貫一の日常を合わせ鏡のようにしてすすむ。

新時代の大義のもと、じつは私利私欲から破壊、暗殺と手段を選ばぬ薩長のありかたと、現代日本の謀略をてことした軍事的侵略とがかさなる。

同時に、そうした圧倒的な時流にたいし、正義の実現と人への思いやりを信条に闘う父と子がかさなる。

初めての歴史小説を書きすすめつつ貫一は、従来の歴史学を改変する重要な手かがりをえる。

実証主義的な近代の歴史学は、「切り捨てたものがあまりに大きすぎたのではないか。そしてその欠点を克服し、心の問題まで視野に入れた新しい歴史学を確立する道があるのではないか……。／貫一が新しい大陸でも発見したような喜びを覚えたのは、そんな考えがわき上がってきたからである。（中略）／（歴史の地下には、これまで生きてきた人々の声なき声が埋まっている。それを汲み上げることこそ、歴史を語るということなのだ）」。ここにとどいたとき、「父の肖像」はそのまま「維新の肖像」へと転じる。

生きられた歴史を、生きる歴史、生きたい歴史へ

絶対的な相貌で立ちはだかる「生きにくい今」を、過去にさかのぼって相対化し、別の生き方への通路をこじあける。

そのために、かつて「生きられた歴史」を、今まさに「生きる歴史」へとみちびき、さらには「生

きたい歴史」へと変換する。

これが『維新の肖像』からうかびあがる歴史小説の意義といってよい。作者安部龍太郎にも「日本はどうしてこんな国になったのか。何がどこで間違ったのか……」というつよい危機意識があるにちがいない。

未曾有の原発事故とその後の政策的迷走、一九三〇年代を想起させる戦争体制の構築とメディアの沈黙――。作者の危機意識は『維新の肖像』をとおして、わたしたち読者のそれとむすびつき、眼前の問題をいっそう鮮明にし、それぞれの「生きたい歴史」を問いかけてやまない。

❽ 快哉をもとめて憂鬱をおそれず

福田善之 Fukuda Yoshiyuki

『猿飛佐助の憂鬱』 文芸社文庫

この五十年間の幻滅と後退

なぜ猿飛佐助は――福田善之の猿飛佐助は、かくも憂鬱なのか。

端的に言おう。

停滞と幻滅、空白と後退への思いが、佐助のこころをさいなむからだ。

おそらく佐助は、この五十年間、いちどもそうした思いから解放されることはなかったろう。離れ猿佐助ゆえ、なめた苦難は、得た自由よりはるかにおおきかったにちがいない。

現代演劇を代表する傑作のひとつ、騒々しくも尖鋭な政治劇『真田風雲録』（一九六三年）のラストで、真田隊最後の戦をみおえた佐助はこんな歌をひとり、口ずさむ。「生きるか　死ぬか／問題なら／ひとりか　みんなか／問題だ／ひとりでないと／いっしょになれぬ／いっしょじゃないと／ひとりになれぬ／ひとりがいっしょで／いっしょがひとりで／ホイ／ホイのホイ………」（「佐助のテーマ」）。

戦後のあやうい平和と六十年安保闘争のにがい「戦後」はもとより、やがてくる七十年叛乱の妙にあかるい「戦後」を、さらにはその後つづくながいながい「戦後」をも串刺にするかのように佐助は問いかけ、幕のむこうに消えた。

そんな佐助が、半世紀ののち、ふりつもる憂鬱を全身にまとい、もどってきた。まずは時代小説『猿飛佐助の憂鬱』（書き下ろし文芸社文庫）に、そして期を移さず芝居『猿飛佐助の憂鬱』（ｐカンパニー公演）に。

依然、人のこころを読む能力をもち、ひとりでありながら同時に多数であるという、「社会的諸関係の総体」を可視化する真にユニークなキャラクター、猿飛佐助である。

「何もないものの仲間」を求めて

佐助がおりたったのは、もはや「戦後」ではない。

「新しい戦争」がつづき、自衛隊の海外派兵が強行される。国境線をめぐる衝突をことさらあおり、国家が国民を統合しようとする。豊かさを謳歌した時代はとおざかり、「新しい貧困」が人びとをひろく、ふかくとらえる。三・一一東日本大震災およびフクシマ・カタストロフは、上からの「絆」や

「オールジャパン」の網掛けを正当化するとともに、隠蔽社会、秘密社会をいっそう堅固にする。あるいは……。まさしく、物語中、真田幸村が憂える「法や掟によって、上からしっかり縛りつける国づくり」の容赦なくすすむ、こんな現在にこそ佐助はおりたつのである。

『真田風雲録』に横溢していた「下克上」の気風は消え、雌雄を決する政治的駆け引きも色褪せ、浮浪人政権を打ちたてようとする「仲間」たちの活動はない。

離れ猿佐助は、いっそう孤立感をふかめるのだが、なお「何もないものの仲間」であるという解放の思想、社会変革の思想をすてない。

この思想によって、人と人とのあいだの新たなつながりが、出雲のおくにをはじめとする新たな出会いが、物語に導きいれられる。人が生きつづけるかぎり、いつも、終わりは始まりなのだ。

連帯をもとめて孤立をおそれず。希望をもとめて絶望をおそれず。再会をもとめて別れをおそれず。そしてなによりも、未来の快哉をもとめて今の憂鬱をおそれず。

こんな思いの数かずを胸に、佐助が新たな仲間たちと、今、舞台にあがる。

お帰り、佐助――。

❾家康を討てば戦争は起こらない

柴田錬三郎 Shibata Renzaburo 『真田十勇士』

集英社文庫(全三巻)

死に抗い、死をおしもどすように

死屍累々——はるか遠い過去をステージにした歴史時代小説のさだめだ。

とりわけ歴史に名をのこす者に、死はまぎれもない事実である。

織田信長はあかあかと燃える本能寺に消え、徳川家康は幾人もの影武者を擁し長命を誇った末に没した。生きのびたという伝説が各地に残る源義経や、西郷隆盛も、死を回避することはできなかった。

むろん名の知られた者たちだけではない。

これが、歴史時代小説を敬遠する読者の多くがもつ暗い死のイメージではあるまいか。しかし——。

しかし、歴史時代小説において、登場人物の死は物語のゆきどまりではない。

むしろ物語は、死に抗い、死をおしもどすようにして登場人物を生きいきとよみがえらせる。

わたしたち読者にとって、すぐれた歴史時代小説の愉しみが、ある人物、ある出来事をめぐり永く流布してきた従来の見方、考え方の転倒なのはたしかだとしても、その根底にあるのはなによりもまず、歴史の陰鬱な死者が物語の躍動する生者としてよみがえり、すっくとたちあがる、おどろきの転倒なのである。

家康を討てば戦争は起こらない

柴田錬三郎の長篇時代超活劇作品『真田十勇士』は、死屍累々といえば、まさしくそのきわみの動乱地獄である戦国時代ものに、するどくさしこまれた生の物語にほかならない。

天正一〇（一五八二）年から元和二（一六一六）年までの転形期を背景にして、真田幸村、後藤又兵衛、木村重成、豊臣秀頼、徳川家康、柳生但馬守《たじまのかみ》、宮本武蔵ら実在した者を次つぎによみがえらせるだけではない。文字どおり奇想天外、驚天動地の術をつかう架空の者たちをもたばねて登場させた、ファンタジックな生の物語となっている。

物語の冒頭近く、織田勢に攻められ一族郎党切腹自決して相果てた武田勝頼の陣営から、生まれたばかりの赤児を救いだし疾駆する老忍者、戸沢白雲斎の眼前に、突如、奇異な光景が出現する。

不意に、山桜の花びらが、ひらひらと舞い散って来た。

花びらは、白雲斎の面前の地面に、みるみる、ひとつの文字をつくった。

死
「うむ！」

じっと、その不吉な一文字を凝視していた白雲斎は、やおら、懐中から、小さな木の実をとり出すと、ぱっと宙へ投げた。

木の実は、白煙となって散るや、たちまち、あざやかな、ひとつの文字を、宙に描いた。

生

（『真田十勇士　一　運命の星が生まれた』）


ここには、独特なスピード感で、イメージの伸縮、転移を自在に操る柴田錬三郎らしいみごとな文章によって、「死から生へ」という物語全体をつらぬく大きなテーマが端的に示されている。

勝頼の遺児であるこの赤児はやがて、白雲斎のもとできびしい修業に耐えて猿飛佐助となる。柴田錬三郎版「真田十勇士」の要である佐助はまず、壊滅する武田氏から唯一とりだされた生の象徴としてあらわれ、そして真田幸村に仕えてからは幸村と、霧隠才蔵、三好清海ら勇士の「なかま」たちと力のかぎりをつくして、滅びつつある豊臣家が生きのびるためにはたらく。

美しい花を咲かせたり猿に子を産ませたりと不思議な力をもつ佐助が、人はもとより生きものを殺すのが嫌いな、優しい心の持ち主であるのは、けっして偶然ではない。
豊臣家の宿敵家康を倒す段にいたってもなお、佐助はみずからをはげまさないわけにはいかない。
「家康を討ちとったら、戦争はおこらないじゃないか。幾千幾万という人々が、討死せずにすむのだ。（中略）その老いたいのちとひきかえに、たくさんのいのちを救うんだ！」（『真田十勇士　三　ああ！輝け真田六連銭』）
ここにもまた、佐助の優しい、優しすぎる性格をとおして、「死から生へ」そして「よりよき生へ」という大きなテーマをもつ柴田錬三郎版「真田十勇士」の、他にはない特色がはっきりとあらわれているだろう。

大正期忍術ブームとはなにか

周知のとおり、「真田十勇士」ものは、柴田錬三郎の独創ではなく、『立川文庫《たつかわ》』に由来する。

足立巻一の『大衆芸術の伏流』や『立川文庫の英雄たち』などによれば、明治四四（一九一一）年に大阪で創刊されたいわばポケット版講談本の『立川文庫』は、大正末年の終刊までに約二〇〇点が刊行された。まずは大阪の少年店員がとびつき、のちに全国の小中学校生にひろがった。初刊の一冊に『真田幸村』があり、「そこに登場する猿飛佐助・霧隠才蔵がほどなく大活躍して大正期の忍術ブームを巻きおこし、文庫の人気を不動にする」のである。

『立川文庫』全体にみられる傾向として、足立は四点をあげている。「第一は、世の権力に反抗し、これをやっつけ、あるいはからかうという人物が多い」。「第二は、強力なものへ単身立ち向かって打ち勝つ勇者が多いこと」。「第三は、講談に多い侠客・義賊・女賊がひとりも出て来ない（中略）、色気は全然ない」。「第四には、物語が『漫遊』によって展開されるものが多い」。これらは「真田十勇士」にもあてはまる。

また、尾崎秀樹は『大衆文芸地図　虚構の中にみる夢と真実』で、「真田一党に対する大衆的人気のうらには、豊臣方に殉じた真田幸村にしたがうスーパーマンたちへの共感——一種の判官贔屓がひそんでおり、それがアンチ東京の関西人らしい反骨ぶりに具象化した」と指摘している。

ひとつひとつもっともな指摘であるが、こうした傾向のあらわれる時代背景として、明治四三（一九一〇）年の大逆事件（幸徳事件）と、韓国併合によって露呈する重苦しい「時代閉塞の現状」（石川啄木）とがあったのを忘れてはならない。

今徳川ともいうべき絶対的な国家権力によって、変革を求める社会運動が「冬の時代」を迎えたまさにそのとき、大阪の若く貧しく無名の人びとの、この時代この境遇からの解放への願いを、夢の物語のなかで先に実現する物語群が生まれた。しかも、やがて出現する「真田十勇士」ものは、個々の人びとの解放への願いを、解放にむかって協同する「なかま」の形成へとつよくおしあげた、といってよい。

世界にひろがる「なかま」たちの饗宴

『立川文庫』の「真田十勇士」は、猿飛佐助、霧隠才蔵、三好清海入道、由利鎌之助、筧《かけい》十蔵、穴山小助、三好伊三入道、海野六郎、望月六郎、根津甚八である。

柴田錬三郎版「真田十勇士」では次の十人になり、それぞれユニークな設定がなされている。

猿飛佐助――武田勝頼の遺児。老忍戸沢白雲斎の弟子。

三好清海――釜ゆでにされた石川五右衛門の息子。秀吉の朝鮮出兵を、日本と朝鮮の人民を苦しめたと非難する。

高野小天狗――熊野からす党の若き首領で、滅びる者に栄光を与えよという家訓を守る。

筧十蔵――明国人の劉十天。関ヶ原の役で討死した小西行長の養い子。

穴山小助――若狭の風盗族頭領。先祖は源頼光。知能優れ、幸村の参謀役となる。

霧隠才蔵――イギリスの海賊の子、キーリー・サイゾ。青い瞳の若者。シャムロ国（タイ）から山田長政のすすめで、巨鷲に乗り日本にきた。

由利鎌之助——関ヶ原の役で敗北した宇喜多秀家の家来。鎖がまをつかう剣士。
呉羽自然坊《くれはじねんぼう》——膂力二〇人力を誇る頭の単純な荒法師。
為三——泥棒。江戸城内から家康を将軍職にするお墨つきを盗んだ。
十人目の勇士——本文庫『真田十勇士　二』のなかではじめて明かされる。

まことにおどろくべき設定といえよう。

真田家もともとの家臣筋の者がおらず、社会の各階層からあつまり、日本という国の枠組みをも超えている。

ここにあらわれるのは、幸村に忠義を尽くす「真田十勇士」というより、智将幸村をも加えて、「死から生へ」そして「よりよき生へ」と、文字どおり世界を股にかけ、「なかま」とともに歩む「真田十一勇士」の饗宴というべきか。

それゆえ物語の結末もけっして暗くはない。最後の最後まで「生きよ！」という言葉がひびき、むしろ明るく解放的な印象がつよい。

ともあれ、『立川文庫』のそれよりもはるかに魅力的な「なかま」たちがここにはいる。

本作品は、一九七五年から翌年にかけて書き下ろし単行本として日本放送出版協会から刊行され、それを原作としたNHK総合テレビの人形劇「真田十勇士」が一九七五年四月から一九七七年三月まで、全四四五話で放映された。物語の解説者として、柴田錬三郎が登場することもあったという。

『立川文庫』をはじめとして、真田幸村と「真田十勇士」をめぐる小説、映画、演劇はこれまで多くあり、二〇一六年の今年も、NHK大河ドラマとして『真田丸』（脚本三谷幸喜）には佐助が登場し、秋には映画『真田十勇士』（脚本マキノノゾミ）が封切られ、舞台（脚本同）の再演も予定されている。

本宮ひろ志によって漫画化もされて（今年初めに集英社から上下巻で再刊）、おそらくは戦後もっともよく知られる「真田十勇士」物語である本作品と、続々とあらわれる「真田十勇士」ものをくらべる愉しみが本作品の読者にはあるのだが、さてさて、結果は――。

透視術の心得などない凡人のわたしにも、それはあきらかに思われる。

おそるべし柴田錬三郎、柴田錬三郎版「真田十勇士」たたえるべし。

10 恨みの鎖を愉しく断つ

井上ひさし Inoue Hisashi 『ムサシ』 集英社

「恨みの鎖」または「報復の連鎖」の切断

井上ひさしの戯曲『ムサシ』は中盤にさしかかり――鎌倉小町の筆問屋「筆屋」の若き第十五代目乙女が、父親の仇である甚兵衛の片腕を切り落とす。助太刀はなんと宮本武蔵と佐々木小次郎である。「つづけて第二打を」と武蔵が促し、「ぐづつきめさるな」と小次郎が急かせば、乙女はいままでの態度を一変。大きな目に涙をあふれさせつつ、「この恨み……いまわたくしが断ち切ります」と言う。

乙女　……恨みの三文字を細筆で、初めに書いたのは父でした。その文字を甚兵衛どのが小筆で荒く書き、いまわたくしは中筆で殴り書きしようとしている。やがて甚兵衛どののゆかりの方々が太筆で暴れ書きすることになるはず……。そうなると、恨み、恨まれ、また恨み、恨みの文字が鎖になってこの世を黒く塗り上げてしまう。恨みから恨みへとつなぐこの鎖がこの世を雁字搦めに縛り上げてしまう前に、たとえ、いまはどんなに口惜しくとも、わたしはこの鎖を断ち切ります。……もう、太刀を持とうとは思いませぬ。（「四　狸（第二日・未明）」）

甚兵衛の血止めに向かう乙女に、武蔵の心の師沢庵和尚と将軍家兵法指南役柳生宗矩とが合掌。茫然とする武蔵と小次郎へ、今度は、住持の平心と材木問屋の隠居まいが語りかける。「平心　（武蔵に）恨みの鎖は、切ろうと思えば切れるんですね。ひとが作った鎖ですから、ひとに切れるのは当たり前ではありますが。／武蔵　……？／まい　（小次郎に）ひとという生きものが美しく見えるのは、こんなときではないでしょうか。ねえ、そうではありませぬか。／小次郎　……？」

乙女、平心、まいが語るのはいずれももっともなことながら、いったいここでなにがおきているのか。懇願され助太刀をひきうけた武蔵と小次郎がともに「？」であるのは無理もない。しかし、そもそもどうして武蔵と小次郎が力をあわせての助太刀なのか。なぜふたりはこんなところにいるのだろう。

あるいはこう問うてもよい。井上ひさしは、依然として続く「新しい戦争」の時代のきわめて現在的なテーマである「恨みの鎖」または「報復の連鎖」の切断を、どういう理由で『ムサシ』という時代もののなかで実現しなければならなかったのか、と。

吉川英治作『宮本武蔵』の「おわり」からはじまる

『ムサシ』は、宮本武蔵伝説最大かつ最強の物語、吉川英治作『宮本武蔵』（一九三六年〜三九年刊）の「おわり」からはじまる。意表をつく趣向といわねばならない。

『宮本武蔵』の結末は、巌流島での武蔵と小次郎の決闘だった。おそらくは物語史上一対一の決闘で最もよく知られるたたかいにおいて、武蔵は心理戦術を駆使した挙句、小次郎の長剣より長い櫂の木剣の一振りで、小次郎の頭蓋を小砂利の如く砕いた。

「生涯のうち、二度と、こういう敵と会えるかどうか」と小次郎にたいして愛情と尊敬をいだきつつ、武蔵はさらに自問する。「自問」こそこの物語を特徴づけていたのだとすれば、物語最後の「自問」といえよう。「小次郎は、自分より高い所にあった勇者に違いなかった。（中略）その高い者に対して、自分が勝ち得たものは何だったか。／技か。天佑か。／否――とは直ぐいえるが、武蔵にも分からなかった。／漠とした言葉のままいえば、力や天佑以上のものである。／小次郎が信じていたものは技や力の剣であり、武蔵の信じていたものは精神の剣であった。それだけの差でしかなかった」（講談社版吉川英治歴史時代文庫『宮本武蔵（八）』）。吉川英治版宮本武蔵のたどりつく境地を示す部分である。

ここに至り大長篇物語は、ふたつの転換をなしとげた。ひとつは、集団の戦いから個人の戦いへ。

物語のはじまりが、死屍累々たる関が原をさまよう武蔵の姿をとらえていたのはよく知られている。もうひとつは、小次郎と武蔵の剣のちがいによってはっきりする、物理的な戦いから精神の戦いへ。

集団の戦いを「戦争」とすれば、二つの転換は、物理的な戦争を個人の精神的な戦いへと切り縮めるとともに、内面化した。

戦中、多くの兵士が『宮本武蔵』を持ち行軍したという事実は、眼前で炸裂する戦争の事象を、兵士たちが必死で遠ざけ内面の争いとして深化し空洞化したことを示すにちがいない。

物語の締めくくりはこうなった、「波騒は世の常である。／波にまかせて、泳ぎ上手に、雑魚は歌い雑魚は踊る。けれど、誰か知ろう、百尺下の水の心を、水のふかさを」

吉川英治の『宮本武蔵』は正真正銘の戦争小説である。

井上ひさしは『ムサシ』において、戦争小説としての『宮本武蔵』を、「新しい戦争」のただなかでひきうけつつ、独自の仕方で再転換をはかった。

剣客ヒーローから、フツーの人びとへの主役交替

一瞬で決着がつきながら小次郎にまだかすかに息のある巌流島決闘を簡潔に示した後、舞台は六年後の鎌倉は扇ヶ谷村佐助ヶ谷の源氏山宝蓮寺にとぶ。

『宮本武蔵』の結末近くに「どこへ指して、どこへ小舟は漕ぎ着いたか」とあるが、武蔵は精神の深みでの独居からふたたび人びとの前にあらわれたことになろう、しかも復讐の念につきうごかされる小次郎をともないながら。人びと――騒々しく、おっちょこちょいでユーモラス、まったく身分も年齢もことなりながら、しかしなにか共通の思いにつきうごかされ、ひそかになにごとかをくわだてているかのような、そんな人びとの前にである。

人びとの本来の姿と思いがはっきりするのは、武蔵と小次郎が人びとのくわだてに逆らいついに決闘をはじめたときだった。

「沢庵」は鎌倉の貧乏寺の断食僧で金欲しさのため命を捨て、「宗矩」は鎌倉の百姓で関ヶ原に一族郎党ひきつれ出かけ皆殺しにあう。逗子の鏡職人だった「平心」も宗矩に従い殺された一人である。「まい」は自殺をした八幡宮の白拍子で、「乙女」は見世物小屋の脚本作者でやはり自ら生を断った。みずからの素性を語る亡霊たちの声に武蔵と小次郎の太刀はしだいに下がり、亡霊たちは声をあわす。

まい　生きていたころは、生きているということを、ずいぶん粗末に、乱暴に扱っておりました。
宗矩　しかしながら、いったん死んでみると、生きていたころの、どんなにつまらない一日でも、
甚兵衛　どんなに辛い一日でも、
忠助　どんなに悲しい一日でも、

官兵衛　どんなに淋しい一日でも、
有膳　とにかくどんな一日でも、
宗矩　まばゆく、まぶしく輝いて見える。
平心　このまことを、生きている方々に伝えないうちは、とうてい成仏できません。
宗矩　けれども、これまでどなたも、このまことに、耳を傾けようとはなさらなかった。
亡霊九人　それで、こんなふうに、迷ったままでおります。うらめしや。（「七　仏（第三日・真夜中）」）

武蔵と小次郎を見た亡霊たちは、宝蓮寺一帯に結界を結び、これからやってくる人びとになりすまして、二人を戦わせまいとして必死にふるまったのだった。

亡霊たちのそんな訴えに、武蔵と小次郎はついに刀を鞘に収める。「その途端、亡霊たちの顔に、おだやかな笑みの花が咲いて、みんな仏になる。亡霊たち、口々に『ありがとう、なんまんだぶ』を唱えながら、あちこちへお能歩きで去る」（ト書き）。

そして、居残った宗矩と平心がそれぞれの思いをこめて、はっきりと「ありがとう」の言葉を武蔵と小次郎におくった瞬間、『ムサシ』は武蔵と小次郎という剣客ヒーローから、フツーの人びとへの主役交替を成就した。

超人的ヒーローという時代ものならではの装置を活用しつつ、そこから「フツーの人びと」をたちあがらせた見事な仕掛けである。

「フツーの人びと」のかけがえのない生を言祝ぐことが、恨みの鎖につながれた者の決闘を阻むのだとしたら、『ムサシ』は戦争小説『宮本武蔵』を深くくぐりぬけ集団の戦いのみならず個人の戦い、その精神主義的な境地までも不可能ならしめた。

「新しい戦争」の時代に、時代ものをステージとして「日本人」の薄暗い伝統にまで遡り、「戦さと恨みの鎖」を断つ亡霊たちの生の賛歌と「ありがとう」の言葉をひびかせる――『ムサシ』は戦争時代ものの傑作といってよい。

⓫「死」を言祝がぬ人びとのほうへ

藤沢周平、山本周五郎、井上ひさし、それぞれの戦争から

フクシマでふたたび事大主義の熱風がふきあれる

三・一一東日本大震災×フクシマ原発震災にむきあい、驚きと悲しみ、そして怒りと悔しさが混在し果てしなく増殖する日々をさまようわたしに、一年前に亡くなった井上ひさしの、こんな歌がきこえてきた――。

この人たちの
これから先が
しあわせかどうか
それは主語を探して隠れるか

自分が主語か
それ次第

自分が主語か
主語が自分か
それがすべて
　おしまいの六小節を、粘って繰り返す。

自分が主語か　主語が自分か
それがすべて　（『夢の痂（かさぶた）』の「エピローグ」）

昨年夏に、『井上ひさし　希望としての笑い』を、わたしは大急ぎでまとめた。井上ひさしが多くの作家、思想家からそれぞれの「思い残し切符」をうけとったように、井上ひさしじしんの『思い残し切符』を多くの作品にそくしてうけとめたいと思ったからだ。
生涯をかけ思いを実現しようとしてかなわず、この世に思いを残して死んだ者の願いが切符になって、生きるものに伝えられる。宮沢賢治『銀河鉄道の夜』からヒントをえて井上ひさしの考案したものが、「思い残し切符」である。

聞こえてきた歌も、あきらかに井上ひさしがわたしたちにおいていった「思い残し切符」のひとつにちがいない。

「新しい戦争」が出来するのとほとんど同時にはじまった東京裁判三部作（『夢の裂け目』二〇〇一、『夢の泪』二〇〇三、『夢の痂』二〇〇六）の最終作の、そのまた「エピローグ」の、さらにラスト。

アジア太平洋戦争（一五年戦争）の戦争責任論が「新しい戦争」の戦争責任論へとつながっていく切迫した時期、井上ひさしは、過去を問い現在を問い、そして未来を問い、「自分が主語か　主語が自分か」を提示したことになる。

主語が自分か――勢力の強大なものに恭順し服従し、自分の存立を確保しようとする「事大主義」を、これまでとおなじく維持してしまうのか。

自分が主語か――大勢とは異なる、そして大勢に抗う自分の見方をあくまで退けず、日々の迷い、逡巡のぶつぶつ声まできちんと聞きとり、みずからの選択で、一歩また一歩と歩むのか。

永い戦時下の「主語が自分」にたいし「自分が主語」を掲げはじまった戦後民主主義は結局「主語が自分」の変形にすぎなかったし、新自由主義の「自己責任」論もおなじく「主語が自分」の実践だった。それをみすえたうえでの、井上ひさしの執拗な「自分が主語」へのこだわりがここにはある。

井上ひさしの精神的な砦でありつづけた「東北」が大震災にみまわれ、そればかりかフクシマ原発震災がおきたとき、出現したのはやはり、「主語が自分」という事大主義だった。

東京電力、原子力安全保安院、政府による誤りなき対処を誇示した「大本営発表」、およびその「広報」と化すテレビや新聞などマスコミによる根拠のいちじるしく希薄な「安全」宣伝が、大半の人びとにうけいれられ、レベル7とのおそるべき事態も、ほとんどなにもなかったようなふるまいのうちに溶融してしまう。

こうした推移に疑問をもち、正確な情報をもとめる者のブログやツイッターの言葉は、たちまち嘘、デマ、煽り、信者などのレッテルをはられ、「オールジャパン」態勢時に許しがたい「非国民」的対応と非難され、これも「主語が自分」の人びとに易々とうけいれられたのだった。

日本的近代において危機に際し必ず露呈する事大主義の熱風が、フクシマ原発震災でもふきあれた。そして、危機の事大主義の背後には、戦後において消えないどころか、原発容認をめぐる平時の事大主義が広大な範囲によこたわっているのを、原発に反対してきたはずのわたしはわたしじしんをのぞきこみ、あらためてその静かなる猛威に気づかないわけにはいかないのである。

「大義の末」を実現しつづけた物語と文章

しかし、事大主義のはっきり露呈する瞬間は、一人びとりの主体的な判断が切実にもとめられる瞬間にほかならない。

敗戦直後の藤沢周平におとずれたのも、そうした痛恨の瞬間であった。よくしられているように、井上ひさしは、同郷（山形）でしかも「東北」につよくこだわったこの先輩作家を敬愛し、詳細かつユーモラスな「海坂藩地図」まで作成している。

「『美徳』の敬遠」（一九九一）という、控えめの藤沢周平らしいタイトルの、そのじつ、はげしい思いの炸裂したエッセイがある。全四巻の『藤沢周平短篇傑作選』の「あとがき」のひとつ。藤沢周平は冒頭に自作のいくつかの傾向をおき、その傾向のよってきたる体験をたぐりよせ、つぎのように書く。

戦争中、こっそりと葉隠に読みふけった自分や、武士道という言葉をふりかざして、居丈高にふるまっていた軍人たちの姿などが、ネガが突如としてポジに変るように、はっきりと見えて来たのは戦後のことであった。それは奇怪で、おぞましい光景であった。

おぞましいというのは、自分の運命が他者によっていとも簡単に左右されようとしたことである。私は民主主義という言葉を知らなかった。誰にも教えられなかったし、読まなかった。あるいは知っていても、わたしはやはり予科練の試験を受けに行ったかも知れないが、それはそれで、国のために死ぬと自分で選択した結果だから悔いることはないのだ。

そうではなくて、私は当時の一方的な教育と情報、あるいは時代の低音部で鳴りひびいていた武士道といった言葉などに押し流されて、試験を受けたのである。そのことが戦後、私のプライドにひっかかった。汚い言葉を使えば、ひとをバカにしやがって、という気持ちである。しかも私はその時、級友をアジって一緒に予科練の試験を受けさせたりしたのだから、ことはプライドの問題ではすまない。幸いに、予科練にいった級友は塹壕掘りをやらされただけで帰って来たが、私も加害者だったのである。

その悔いは、二十数年たったいまも、私の胸から消えることがない。以来、私は、右であれ左であれ、ひとをアジることだけは、二度とすまいと心に決めた。近ごろまた、私などにはぴんと来る、聞きおぼえのある声がひびきはじめたようだが、年寄りが若いひとをアジるのはよくないと思う。（中略）いざというそのときに、自衛隊から借りた銃を持って辺地に行くか、それとも家の中で降服のための白旗を縫うかは、今度こそ自分で判断するつもりである。（「『美徳』の敬遠」）

暴力むきだしの権力と、強制的な諸制度、しだいに権力の広報へと傾斜していく文化装置、それらを社会の底辺からささえる事大主義の繁茂――十代の藤沢周平が疑いさえもちえず全身で体現していたものの黒々とした姿が、自分のうちからせりあがってくる。

その「奇怪で、おぞましい」ものを藤沢周平はひきうけたうえで、なお「自分の運命が他者によっていとも簡単に左右されようとしたこと」を許そうとはしない。無意識のうちに事大主義に左右された自分という主体を許さず、そこからの転換をかたく心にちかう。

一九九七年に死んだ藤沢周平が、銃をとるか白旗を縫うか選択をせまられることはなかった。しかし、敗戦時にちかった転換は、ときに「熱狂ぎらい」や「流行ぎらい」をめぐる日々の事大主義嫌悪として表出されつつ、なによりもそのまま藤沢周平の小説世界に、方向はもとより一文一文、一語一語に実現されつづけた、といってよい。

英雄豪傑のひとりもでてこない、主流ではなく傍流の日々の物語。かっこよく生きて、かっこよく死ぬことをよしとせず、みっともなくてもかけがえのない生をねばりづよく生きる人びとの物語。どのような権力や権威からも遠く、自分をささえるのは自分だけという者が、同様の者と出会い、むすびついていく物語。垂直的な関係からはなれ水平的な関係を生きる人びとの物語、あるいは……。

英雄豪傑好きの時代小説にあってはまことに稀有な物語群を、いっけん特徴のない、しかし誰にも似ない、そして観念で抽象的な高みにたつ言葉を極力排した、しなやかで張りのある、内に激越なものをしずめた文章で、藤沢周平はたえまなくうみだしたのである。

「自分の運命が他者によっていとも簡単に左右されようとした」のを厭い今度こそ「自分で判断する」と思いきめた元皇国少年が、こんな文章でこんな物語をかきつづける。書きつづけながら、ときに皇国少年時代を想起し、みずからその痛恨の体験をばねにする。

藤沢周平と同じ「一九二七年生まれ組」で、吉村昭、結城昌治をくわえ四人のいわば「信頼の共同体」を築いた城山三郎がみずからの戦後を「大義の末」（一九五九）と定めたのに倣えば、そうした物語と文章こそ藤沢周平の「大義の末」であったろう。

「大義の末」は、けっして「大義」をなかったものにしてしまうのではない。大義に殉じようとした自らをずっと保存した上で、そこには戻らない。大義とそれに魅せられた自分を忘れない。忘れてしまう人びとが、ふたたび別の「大義」をかかげ、同じことをくりかえす。城山三郎の「大義の末」は、そのまま藤沢周平の「大義の末」であった。

「いさぎよく散れ、――いやな考えかただな」とつぶやく

周知のとおり、時代小説には「武家もの」と「市井もの」という大きなジャンルがある。戦国武将ものやチャンバラものは前者に、町人の日常をとらえたものは後者に分類される。英雄豪傑嫌いの藤沢周平の本領は「市井もの」（主として短篇）にあった。『蝉しぐれ』や『三屋清左衛門残日録』など「武家もの」も多いが、そこでは、一瞬の決着にすすみでる武士道の高唱など皆無の、傍流の侍や隠居の一途に生きる日々が、切れ目なく活写される。最初の「武家もの」で直木賞を受賞した「暗殺の年輪」（一九七三）からして、武家世界からの脱出の物語であった。

藤沢周平の「市井もの」――かけがえのない生をねばりづよく生きる人びとの、にぶくかがやく物

語は、しかし、突然、時代小説界に出現したのではない。

こうした「市井もの」を辿れば、山本周五郎の『柳橋物語』がうかびあがるだろう。『柳橋物語』は、大火や出水を背景に、十八歳のおせんが幼馴染の職人庄吉と幸太の間に辿る数奇な半生の物語。戦中に精神主義的な『日本婦道記』を書いた山本が、生き急がずじっくり腰をすえ、町人の日々の生活にとりくもうと、敗戦の翌年に書きだした作品である。山本周五郎は言う。「（葛西）善蔵はね、いいこと云っているんだ『こころ急ぐ旅ではない』。泡くったってはじまらない。ぼくもジックリやりますよ。ますます脂っこく、もっともっと息の長いものを書く。ぼくは戦前までは、あまりに精神的な面に重点をおきすぎたようだ。（中略）醜悪な面も、全部ふくめたものが人間だ。そういう人間に四ツに取組むのが小説だということに気づいた」（談）。

戦時下の一九四三年、『日本婦道記』は直木賞に推される。しかし、山本周五郎はそれを辞退。戦争を鼓舞する「清新なもの」が求められる風潮に反発したこと、また、吉川英治ら選者への嫌悪もあった。軍部から報道班員としての従軍要請がきたが、小説家は小説を書くのがすべてと、はねつけた。事大主義に与せず、孤高、反骨をつらぬく。そんな山本周五郎が、敗戦をまたいで書いた「小説」こそ、『柳橋物語』だったのである。

山本周五郎の「市井もの」（「下町もの」）は、山本周五郎じしんの戦争（戦時）とのかかわり、反転としてあらわれた、といってよい。

『柳橋物語』から戦後をはじめた山本周五郎は、いっそう英雄豪傑嫌いと、チャンバラ嫌いをつよめていく。そこに独特な「武家もの」がうみだされた。たとえば、『天地静大』(一九六一)は、北の小藩から昌平坂の学問所にきた青年杉浦透の、学問にたいする情熱と時代への不安を一方に、幕末の動乱を藩主の弟ゆえに自由に生きえない水谷郷臣の苦悩と希望とその挫折を他方に配置した長篇小説である。その一節。

「さくら花か」郷臣は吐き出すように云った、「散り際をいさぎよくせよ、さくら花の如く咲き、さくら花のようにいさぎよく散れ、――いやな考えかただな」

郷臣は歩きだしながら続けた、「この国の歴史には、桜のように華やかに咲き、たちまち散り去った英雄が多い、一般にも哀詩に謳われるような英雄や豪傑を好むふうが強い、どうしてだろう、この気候風土のためだろうか、それとも日本人という民族の血のためだろうか」

「こんなふうであってはならない」と郷臣はまた云った、「もっと人間らしく、生きることを大事にし、栄華や名声とはかかわりなく、三十年、五十年をかけて、こつこつと金石を彫るような、じみな努力をするようにならないものか、散り際をきれいに、などという考えを踵にくっつけている限り、決して仕事らしい仕事はできないんだがな」(『天地静大』)

死をけっして言祝がぬ人びとへのつよい執着――山本周五郎の作品としておそらく最も良く知られる作品の一つ、『樅ノ木は残った』（一九五八）にも同様の見方があった。伊達家の重臣原田甲斐が、老中酒井雅楽頭を中心とした伊達家改易の企てを察知、味方と見せかけながら、最後は自らを悪人にしたてあげることで、その企てを防ぐという悲劇的な物語にあってなお、というより、だからこそそれはいっそうつよくあらわれたのか。

丹三郎は「自分の死は御役に立つであろう」と云った。主人のために身命を惜しまないのは、侍の本分ではあるが、誰にでもそう容易に実践できることではない。甲斐は丹三郎を知っているし、彼の性質としてそういうことを口に出して云う以上、そのときが来れば死を怖れないだろう、ということもわかっていた。

――だがおれは好まない。

国のため、藩のため主人のため、また愛する者のために、自らすすんで死ぬ、ということは、侍の道徳としてだけつくられたものではなく、人間感情のもっとも純粋な燃焼の一つとして存在して来たし、今後も存在することだろう。――だが、おれは好まない、甲斐はそっと頭を振った。たとえそれに意味があったとしても、できることなら「死」は避けるほうがいい。そういう死には犠牲の壮烈という美しさがあるかもしれないが、それでもなお、生きぬいてゆくことには、はるかに及ばないだろう。(『樅の木は残った』)

ここにもまた、山本周五郎と戦争とのかかわり、その反転のありかたが、はっきりとしめされているだろう。

『柳橋物語』からはじまる時代小説の「市井もの」を、山本周五郎のねちっこさ、しつようさ、つよさにみちた物語とはまたことなる、しなやかで張りのある清新な物語として継承したのが、藤沢周平である。

戦後の時代小説における「市井もの」を発展させた二人の作家はともに、戦争がもたらした事大主義のなかでもっとも残酷なものとしての「死」の言祝ぎを、「市井もの」において無化したばかりか、「武家もの」でも拒んだことになる。

二人による「豊饒の生」の贈り物がなかったなら、平時および危機の事大主義は今よりもはるかに強大なものになっていたのではあるまいか。

かつてチャンバラものとして戦争を娯楽から支えた時代小説は、二人の作家の戦後における果敢かつ選択により、戦争と死に抗い、事大主義に抗う小説の小さくとも堅固な拠点となった。

あくまでも死の言祝ぎを拒む

そういえば、戦争責任の戦後を総括し「主語が自分」から「自分が主語」への転換をもとめた井上ひさしもまた、最後の二つの戯曲、『ムサシ』（二〇〇九）と『組曲虐殺』（同上）で、「死」の言祝ぎを徹底的に否定した。

闘いをつづける小林多喜二をえがく『組曲虐殺』では、革命運動におけるヒロイズムを拒み、巌流島での決闘の後の宮本武蔵をとらえた『ムサシ』では、あくまでも決闘の継続をのぞむ武蔵と佐々木小次郎に、武装（刀）の放棄をもとめた。

それをねばりづよく、めげることなく実践するのは、剣客でも武家でもない。「有名」や「強さ」のもたらすこわばり、不自由さとはまったく無縁で、無名であることを強固な結集のばねにした「市井」の人びと、すなわち日々のかけがえのない生の礼賛者たちであった。

その人びとが、各々の「自分が主語」を大切にしているのは、いうまでもない。

⑫ 生きつづける藤沢周平

生誕九十年、没後二十年によせて

没後二十年がイメージできない

今年は、藤沢周平にとって生誕九十年、没後二十年となる区切りの年であった。頭ではわかっていても、わたしには、しっくりこないままである。

とくに没後二十年というのがむずかしいのだ。

かくしゃくとした老人から九十二歳と言われれば、ああ、周平さんのほうが若い、と思う。そしてわたしは、九十歳の周平さん、今、何を書いているだろうと想像する。これまで誰も書いたことのない破格の織田信長か、それとも江戸市井の名もなき人びとの貧しくも豊饒な日々か。

生誕九十年なら、こんなふうに、なんとかイメージできるものの、しかし、没後二十年に反応しようとしても、うまくいかない。没後十年の時もそうだったから、今後、没後三十年がきても四十年がきても、たぶん同じだろう。

藤沢周平は、わたしのなかで生きつづけている。

学生時代、「又蔵の火」にであって以来、こうして書いている今にいたるまで、藤沢周平という作家はわたしのなかで消えたことは一度もない。兄万次郎の故知れぬ堕落から、断ち切れぬ望郷をまのあたりにした弟又蔵の、たった一人の復讐へ、そして死の寸前おとずれる、相手丑蔵とのしずかな共感へ。どんな作家の作品でもみたことのない、暗鬱な風景とそこにさしこむ一筋の光をとどけてくれた作家を、どうして忘れられよう。

しかも「又蔵の火」体験の後、次々にその作品に接してきた同時代作家である。没後も、機会あるごとにいっそう深く広く読んできた藤沢周平が、わたしのなかで、生きつづけていないはずはない。

愛読者と作家の関係はいつもそうなのではないか、という考えもうかぶ。二葉亭四迷、夏目漱石からはじまり、近代の作家のなかでもっとも魅せられる徳田秋声、太宰治、林芙美子、同時代作家としては埴谷雄高、大西巨人、松本清張、そして親しく交流もした井上ひさし、中上健次、立松和平まで、たしかに、わたしのなかで生きつづけている。しかし、こうした作家が生きつづけているというのと、藤沢周平のそれとは同じではないのだ。なぜか――。その理由をたずねて、わたしは、これまで藤沢周平について書いたり話したりしてきたのかもしれない。

わたしが藤沢周平をめぐって最初に書き下ろしたのは、『藤沢周平　負を生きる物語』（二〇〇二年）

だった。どんな小文でもなにかを書くときには、核心となる考えやイメージがおとずれるまで、待つ。待ち、待って、なお待つ。そのときあらわれ、最後までひっぱってくれた言葉は、「これで、しばらく、生きていける」、だった。

してみれば、藤沢周平はわたしのうちで生きつづけている、というよりまず、わたしが藤沢周平によって生かされてきたのである。没後二十年がしっくりこないはずだ——。

こんな思いをいだく藤沢周平愛読者は、けっしてわたしだけではあるまい。

時代小説ブームの先導者

藤沢周平は生きつづけている。

これは主としてわたしの個人的な藤沢周平体験にかかわる思いだが、それだけではない。

藤沢周平を先導者とする時代小説ブームが長くつづき、それぞれ固有の藤沢周平体験を経た作家たちが次々に登場し、いわば藤沢周平山脈ともいうべきものを形成していることにもかかわるだろう。宮部みゆき、山本一力、故北重人、諸田玲子、杉本章子、安住《あずみ》洋子、佐伯泰英、あさのあつこ…。これらの作家たちの作品でも藤沢周平は生きつづけている。

ブームがいつはじまったか、定説はない。私見では、戦後つづいてきた右肩上がりの時代がバブルの乱痴気騒ぎにのりあげて、ついに終わる一九九〇年代初頭に、今につづく時代小説ブームははじまった。

社会と人の逆境の深まりとともに、時代小説ブームはもう四半世紀を超えてきた。五味康祐と柴田錬三郎の剣豪小説ブーム（一九五〇年代後半）、村山知義、山田風太郎らの忍法小説ブーム（一九六〇年前後）、そして、井上靖や司馬遼太郎らの歴史小説ブーム（一九六〇年代初め〜七〇年代初め）以来、久々かつ戦後最長のブームである。

時代小説ブームの中核にあるのは、「市井もの」である。

主に江戸期の町人ものであり、浪人ものや捕物帳などもふくむ。権力や権威から遠い場所で、波状的に襲う幾多の困難にもかかわらず、いささかも途切れることのない普通の人びとの日々を、喜怒哀楽とともにこまやかにえがきだす作品である。ここには英雄、豪傑の類は登場しない。

これまた私見であるが、現在わたしたちの接する「市井もの」は、死に急ぐことはもうやめようと、戦中に書いていた「武家もの」を捨てた山本周五郎が、敗戦の翌年に書きだした『柳橋物語』にはじまる。膨大な作品を残した山本周五郎の後を継ぎ、独自に発展させたのが藤沢周平だった。

浮世絵師葛飾北斎を主人公にした江戸市井もの『溟い海』で藤沢周平が文壇デビューをはたすのは一九七一年。藩中の闇にふれた若い剣士を物語のラストで町人町《ちょうにんちょう》に向かわせる『暗殺の年輪』で七三年に直木賞を受賞した。六七年に六四歳で死んだ山本周五郎ファンが「周五郎の再来」を待ち望んでいた時期だった。

市井ものをベースにした独特な武家ものを含む、藤沢周平のそれまでの全貌が出現し、時代ものファンを一挙にひろげた『藤沢周平全集』の刊行開始は、バブル経済崩壊直後の一九九二年だった。今につづく時代小説ブームのきっかけとなった。

市井ものを核心にもつ藤沢周平の作品にあって登場人物たちは、武家ものや戦国武将ものにあらわれる英雄や豪傑のように苦難に直面して華麗に死に急ぐ、ということがない。むしろ苦難に向きあい、かっこわるくても、みっともなくても、ねばりづよく生きていく。そこに巧まざるユーモアもうまれる。これらは藤沢周平山脈として連なる作家たちの作品世界に共通する。

藤沢周平は、時代小説ブームのなかでも生きつづけているのだ。

戦争嫌い、熱狂嫌い、流行嫌い

戦争嫌い、熱狂嫌い、流行嫌い。

この三つの言葉は、『藤沢周平　負を生きる物語』を書き下ろすとき、「これで、しばらく、生きていける」という言葉に少し遅れてあらわれ、書くわたしを最後までひっぱってくれた言葉である。

「嫌う」主体は藤沢周平だったが、わたしのようでもあった。

書きはじめる頃、アメリカで九・一一同時多発テロがあり、「新しい戦争」へのやみくもな熱狂が世界中をつつみこもうとしていた。書きおわった少し後には、大量破壊兵器保有という誤った口実のもと、イラク戦争がはじまった。分断と排外、差別と憎悪がはてしなく連鎖し一向に収まる気配のない、今につづく混沌とした時代のはじまりである。

二〇〇七年になって、わたしは、集英社が企画する全二十巻の『戦争と文学』全集の編集委員となった。それから五年以上、ほぼ毎週のように、作家の浅田次郎、奥泉光《おくいずみひかる》、歴史学者の成田龍一、評論家の川村湊と、全体の方向性および収録する作品を議論しあった。九・一一後の新たな戦争文学の巻、「戦争」のつづく沖縄の文学の巻などを担当することになったが、もう一巻わたしは、歴史時代小説作家だけの「戦争」の巻をつくりたかった。いろいろな事情から断念せざるをえなかったものの、この企画からわたしは、歴史時代小説作家にも戦後派作家が存在するのをいっそう確信するようになった。

戦後派作家という言葉は一般に、野間宏、埴谷雄高、武田泰淳、大岡昇平、大西巨人、安部公房らをさす。アジア太平洋戦争をふくむ十五年戦争への深甚な反省を個々の流儀でおこない、戦後に書きはじめた作品のなかでこそ、戦争への抗いの姿勢をつらぬいた作家たちである。しかし、戦後派作家は純文学系にとどまらない。大衆文学しかも戦争と最も遠いとおもわれる歴史時代小説にも、当然、戦後派作家はいた。

十九の歳に敗戦を迎えた一九二七年生まれ組で、敬慕しあった藤沢周平、結城昌治、吉村昭、城山三郎がそうだった。「われわれの世代には、権威とか権力的なものはもうこりごりという気持ちがあるでしょう。藤沢さんにも、そういう部分がありましたね」と、城山は吉村との対談で指摘し、とくに藤沢にその気持ちが際立ったと述べている。

藤沢周平は、「『美徳』の敬遠」、「今年の夏」他のエッセイで、戦争とのかかわりへの深刻な反省が自分を、戦争嫌いはもとより、社会の熱狂を嫌い、生活のなかの流行を嫌うにまで向かわせたと書いている。

こうした藤沢周平によってこそ、英雄と豪傑のいない、一人ひとりがかけがえのない生をいとなみ、ともに生きる人びとを慈しむ、そんな水平的で平和な社会が、市井ものと武家ものの独特に融合した時代小説でえがかれた。

多くの読者のなかで、時代小説ブームのなかで生きつづける藤沢周平は、分断と憎悪に戦争の熱狂がかさなろうとしている今、数少ない希望のひとつ、といってよい。

Ⅲ　現代の暗黒、孤立と貧困にとどく

⑬ 人と社会の暗黒領域を探索する

宮部みゆき Miyabe Miyuki

『泣き童子《わらし》』　角川文庫

百物語という形式

百物語――人と社会の暗黒領域の華麗かつ果敢な探索者にして、暗黒のただなかにこそ一筋の光をみいだす作家宮部みゆきにとって、これほどぴったりの物語形式はほかにあるまい。

三島屋変調百物語シリーズ第一作の『おそろし』を読んでわたしはそう思い、第二作『あんじゅう』で思いをふかめ、そして、第三作である本書『泣き童子』を読みおえて、わたしはそう確信しないわけにはいかなかった。

このシリーズは、宮部みゆきによる秀逸な宮部みゆき像であり、暗黒領域探索者みずからへの尽きぬ励ましであり、また、読者への温かなメッセージともなっている。

百物語は、昨今の怪談ブームのなかでしばしば目にするようになった。

森鷗外に短篇「百物語」があり、その冒頭近くで以下のように語られる。「百物語とは多勢の人が集まって、蠟燭を百本立てて置いて、一人が一つずつ化物の話をして、一本ずつ蠟燭を消して行くのだそうだ。そうすると百本目の蠟燭が消された時、真の化物が出ると云うことである」。広辞苑第六版の「百物語」の項にもほぼ同じ言葉がつづき、最後は「語り終わって真っ暗になった時に妖怪が現れるとされた遊び」としめくくられる。「化物」、「妖怪」ではややイメージが窮屈なら、本書にならって「怪異」とよべばよい。

一つひとつに別様の怪異が出現し、ひとつでもじゅうぶん怖い怪談が、次ぎから次ぎへ、これでもか、これでもかと連鎖する。「真っ暗闇」が最後にあらわれるのは、もちろん、ひとつひとつの話に「暗闇」がたっぷりと分有されているからだ。

「怪異」がゆたかに出現する場

なんとも面妖な形式の百物語とはいえ、人と社会の闇へ、その奥へ、さらにその奥へとはてしなくすすむ稀有の暗黒領域探索者宮部みゆきは、現代百物語作家とよぶにふさわしい。

『火車《かしゃ》』、『理由』、『誰か』、『小暮写眞館』、そして大作『ソロモンの偽証』まで、社会的怪異譚としてのホラー小説にも接する現代暗黒ミステリーを書きつぐ宮部みゆきはまた、現代小説には盛りきれぬ超自然的な「怪異」を、時代小説を格好のステージとしてえがいてきた。初めての時代小説『本所深川ふしぎ草紙』以来、『かまいたち』、霊験お初捕物控シリーズ、『あやし』、『ばんば憑き』、『荒神』まで、タイトルからもうかがいしれるように宮部みゆきの時代小説は、「怪異」がゆたかに出現する場であった。

これまでの現代暗黒ミステリーおよび時代小説の一作、一作が、宮部みゆき版「百物語」をかたちづくる。いつからか、宮部みゆきはこのことに気づいていたのではないか。すくなくとも、二〇〇六年に本シリーズ第一作の連載をはじめたときには、すでに自覚的であったにちがいない。

傑出した現代百物語作家が、暗黒の物語形式「百物語」とはなにか、なぜ語る（書く）のか、なぜ聞く（読む）のか、総じてどうあるべきかを、物語をとおして問いつづける作品として、本シリーズははじまったといってよい。

心の闇にむきあう

江戸は神田三島町にある袋物屋の三島屋——。

川崎宿の実家の旅籠屋で起きた惨《むご》たらしい事件から心を閉ざし、今は三島屋で黙々と働く一七歳になったばかりのおちかが、叔父である主人伊兵衛のはからいで、客のもたらす怖くて不思議な話を次ぎ次ぎに聞く。

語り手ひとりに、聞き手がひとり。語って語り捨て、聞いて聞き捨てがきまりで、黒白の間と称される部屋に蠟燭の仕掛はなく、茶に上等な菓子がつく。変調百物語たるゆえんである。

最初は暗黒の怪異譚に戸惑っていたおちかも、やがてそれに向きあうとともに、自分の心の闇に向きあって語り手のひとりともなる。兄妹同然に育った捨て子の松太郎に、許婚の良助を目の前で殺された。おちかはそれを自分のためだと責めて心を閉ざしていたのである。

百物語へのかかわりを心配する兄に、おちかは言う。「うまく言えないけど……たぶんね、あたし、こうして他所様の不幸なお話を聞くことで、自分が怖がっているものの正体を知ろうとしているんだと思う。相手の正体がわからないまま闇雲に怖れて逃げ回っているより、その方がいいってことがわかってきて――」(『おそろし』の「第五話　家鳴り」)。

おちかだけではない。物語中、暗黒怪異譚を語る者、聞く者はともに、遠ざけていた心の闇および人間関係の闇に直面し、それを最も深甚にくぐりぬけた瞬間、前方に一筋の希望の光をみる。

へーゲルにならっていえば、わたしたちは遠ざかることで暗黒から解放されるのではなく、暗黒をとおしてただそれをとおしてのみ解き放たれる。

ただし、複雑な社会と人間関係を生きるわたしたちにとって暗黒はひとつではなく、いっとき暗黒から解き放たれても、すぐに次ぎの暗黒がせまる。そんな暗黒の連鎖に正面からむきあう物語形式が「百物語」であり、宮部みゆきはこの「百物語」を、変調を巧みに施したうえで果敢かつ執拗に活用するのだ。

シリーズ第一作『おそろし』が五篇の重苦しい物語で占められたのにたいし、シリーズ第二作『あんじゅう』は、「あんじゅう」がとある屋敷の魂としての「暗獣」であり、かつ「くろすけ」とよばれるように、怪異のなかにときとして点滅する愛おしさ哀切さをみごとにうかびあがらせる物語を中心に、四篇がおさめられた。

目が覚めたような心地になる瞬間

さて、本書『泣き童子』は、「魂取《たまどり》の池」から「節気顔《せっきがお》」まで、シリーズ中最も多い六篇がはいっている。

刊行された折りのインタビューで、宮部みゆきはこう述べている。「おちかには人々から怪談を聞く切実な理由があるんですが、回を重ね経験も重ねて、いろいろな人とのつながりもできていく中で、成長してきました。聞き手としてもだいぶ熟練してきたので、どんな話が来ても驚かずに受け止めてくれるだろうと思ったんです。ですから今回は、若い娘が恋バナをしに来るわ、人殺しが来るわ、怪獣は出るわ……。これまで以上に、やりたい放題やらせていただいた感じです（笑）」（「著者は語る　文春図書館」）

一八歳になったおちかの熟練、自負は、当然、作者宮部みゆきのそれとかさなる。宮部みゆきによる宮部みゆき像をふくめシリーズの意義が定まったがゆえに、一つひとつの物語の自由度は増したのだろう。

殺しが折り重なる凄絶な「泣き童子」、人食い怪獣まぐるの出現する「まぐる笛」を怪異の暗黒の極とする。そして、過度な焼き餅をたしなめた「魂取の池」、出稼ぎに出る村の子を案じて山をおりてくる石仏様「おこぼさん」をとらえる「小雪舞う日の怪談語り」を怪異のユーモラスで温かさの極とすれば、本書は、シリーズ第一作と第二作の両極をふくみつつ、シリーズの可能性をぐんとひろげた試みとなっている。締めくくりにおかれた、おちかの近未来を予測させる奇譚中の奇譚「節気顔」はそれを物語る。

おちかの百物語への思いも、深まっている。「小雪舞う日の怪談語り」で、怪談語り会の肝煎役の旦那が言った「心の煤払い」なる言葉に、はっとしたおちかは考える。「怪異を語り、怪異を聴くと、日頃の暮らしのなかでは動かない、心の深いところが音もなく動く。何かがさざめき立つ。それによって重たい想いを背負うこともあるが、一方で、ふと浄められたような、目が覚めたような心地になることもあるのだ」。

「三・一一後文学」の秀作として

三・一一東日本大震災のすぐ後に発表された「くりから御殿」は、一〇歳のとき山津波で両親をはじめ仲良しの幼馴染たちを失った少年の奇怪な夢と、四〇年後の今なお男の心をとらえる痛切な思いをえがく。男の思いをうけた女房の言葉がまた胸をうつ。

この短篇は、多くの作家による秀作がそろう「三・一一後文学」のなかでも、とりわけすぐれた作品になっている。

人と社会の「いまとここ」をたえずみすえ、そこに独自の物語をつむぐ宮部みゆきらしい作品である。

本書で三島屋変調百物語シリーズにまとまる変異譚はようやく、一八作となった（「小雪舞う日の怪談語り」内の三人の語りを含めて）。百物語まであと八二作。

作品数にも変調がおよぶかもしれぬにせよ、このシリーズ、いよいよ、宮部みゆきのライフワークの趣きを呈しはじめた——。

⑭「市井もの」に貧困が回帰しはじめた

諸田玲子 Morota Reiko 『王朝小遊記』 文春文庫

死の光景がひろがっている

はなやかさを感じさせるタイトルだ。

「王朝」に「小遊記」とくれば、ほとんどの人が、京を舞台にした豪奢な王朝絵巻世界の、気ままな遊歩を思いえがくにちがいない。

しかし物語のはじまりに黒い影をおとすのは、不吉なカラスの群れである。

「京の都は、犬とカラスの独擅場である。／どこにでもいる。いつ、いかなるときでもやってくる。どんなものにも食らいつく。／もっとも、屍肉をかたづけてくれるから文句はいえない」

物語がはじまるはるか以前から、都には死の光景がひろがっていた。

「都人にとって、死は日常茶飯事」、「病や飢えで日々、バタバタと人が死ぬ」、「老いた親や重病にかかった従者に筵《むしろ》一枚を与え、門の外へ放りだす息子や主人もあとを絶たない。道端にはたいがい二人三人、筵によこたわって死を待つ老病人がいた。あまりに見なれた光景なので、だれも気をとめない」。きらびやかな王朝絵巻どころか、芥川龍之介の「羅生門」を想起させるような、惨憺たる光景が物語にはえんえんとえがかれる——。

諸田玲子の『王朝小遊記』は、平安時代の爛熟期、京の都をステージに繰りひろげられる「なかま」の物語となった。物売女のナツメ、博学老人のナマス。貴族の元女房のシコンに、不良少年のコオニ、そしてまとめ役で貧民窟の用心棒のニシタカ。逆境からの脱出願望ゆえかカタカナ表記され脱色された老若男女が、ささやかな得手をもちよる群像劇である。『小遊記』は、右大臣藤原実資《さねすけ》の日記『小右記』からくる。

それにしても、「江戸市井もの（庶民もの）」ならぬ「王朝市井もの」という新たな試みにおいて、なぜ諸田玲子はかくまでに執拗に、死にいたる貧困と病の光景をえがかねばならなかったのか。

「失われた二〇年」にむきあう「市井もの」

『庶民たちの平安京』などの著者で王朝民俗学者の繁田信一との対談「下級貴族と庶民が織りなす平安京の物語」で、諸田玲子は述べる。「ずっと私が書きたかったのは、貴族でも超自然的な世界でもなくて、平安京の普通の人たちの生活だったんです。平安時代は四百年も続いたのだから、普通の我々と同じような悲喜こもごもがあったはず……」。

しかし、それはなかなか実現できなかった。「『平安ものを書きたい』というと小説誌から断られたものです。歓迎されるのは江戸のシリーズもの、または忠臣蔵か新撰組」。

デビュー以後ほぼ二〇年、時代小説のすべてのジャンルで作品を発表してきた諸田玲子には、江戸シリーズものも多い。「あくじゃれ瓢六捕物帖」シリーズ、「天女湯おれん」シリーズ、「狸穴あいあい坂」シリーズ、「きりきり舞い」シリーズなどである。

シリーズもののよさは、なににもまして安定感にある。主人公は、たとえ一時行方不明になったりしても、生きつづける。

ここ数年、諸田玲子らの好評シリーズものに促されるように、文庫書き下ろし時代小説が大量に出現している。わたしのところには、毎月、数十冊の文庫が送られてくる。それらのうち、シリーズものでない作品をさがすのはとてもむずかしい。しかもほとんどが江戸市井を舞台にした物語ものである。

一九九〇年代初頭に、今に至るながいブームがはじまった時代小説の主流は、「市井もの」だった。「かっこよく生きて、かっこよく死ぬ」をモットーとする従来の「武家もの」を退け、「日々を充実させ、ねばりづよく生きていく」人びとをえがく「市井もの」は、生きづらさの連鎖する「失われた二〇年」に直面しはじめた読者の夢を代行していたにちがいない。

「市井もの」内部の変化

江戸市井ものブームをながく牽引したのは、藤沢周平だった。一九七一年に葛飾北斎を主人公にした江戸市井もの「溟い海」で登場した藤沢周平は当時、戦前、戦中、戦後と書きつづけ一九六七年に亡くなった山本周五郎を惜しむ読者に、「山本周五郎の再来」と迎えられた。

わたしは、江戸市井ものの誕生を山本周五郎の『柳橋物語』（一九五一年）にみるとともに、それは藤沢周平に継承、発展されたと考えるが、江戸市井ものにおける山本周五郎と藤沢周平の決定的なちがいにも注目したいと思う。

それは「貧困」である。山本周五郎世界にあって「貧困」は人びとをつきうごかす宿命的なまでの猛威であるのにたいし、藤沢周平世界にそうした過酷な「貧困」は登場せず、たとえあったとしても「生き方」へと縮減されている。藤沢周平はあきらかに高度経済成長期後にデビューした作家なのである。

哲学者リオタールは近代の大きな物語のひとつとして「貧困からの解放」をあげ、その消失をポストモダン時代の条件とした。「貧困」にかんするかぎり、山本周五郎はモダンの典型的な時代小説家だったのにたいし、藤沢周平はポストモダンの時代小説家であった。

東京の大泉学園町で「藤沢周平と大泉の会」を主宰する和田あき子は、一二年以上もつづく会報の最新号（第七〇号）で、藤沢周平ブームは二〇〇五年ごろにはおわったと記している。ブームのおわり（のはじまり）はほぼ、非正規労働者が増大し、プレカリアート（不安定な労働者たち）なる呼称があらわれ、「新たな貧困」が社会問題化しだした時期にかさなるだろう。時代小説の読者もまた、確実に時代の大きな変化に直面しはじめていたのである。

新しい貧困に抗う「なかま」の登場

ただし、「貧困」というテーマの回帰に、本来もっとも敏感であるべき市井ものの書き手は、対応できなかった。生の連続性を断ち切りかねぬ「貧困」をいまとここでうけとめられず、安定感と連続性をグロテスクなまでに定型化した文庫書き下ろし時代小説シリーズが繁茂する一方、「貧困」にこだわりぬいた山本周五郎が復活し、二〇一三年春からは新潮社から全二三巻の山本周五郎長篇小説全集の刊行がはじまった。

江戸市井もので人気を博していた諸田玲子が、書きたいと思いつづけた王朝市井もの『王朝小遊記』の連載を開始したのは、二〇一〇年秋のことである。

ひょんなことから擬似家族を結成し、人心を惑わし人びとの生活をさらに破滅へとみちびく似非《えせ》僧都一派と対峙する五人、ナツメ、ナマス、シコン、コオニ、ニシタカ。「なかま」たちのまとめ役となるニシタカは思う。ニシタカはかつて太宰府での侵入者との戦いで勇名を馳せたものの、戦を厭い京に戻ってきていた。

「刀伊（女真族）が急襲したとき、真っ先に被害にあったのはだれか。／老人、子供、弱く稚い者たちである。／都でもおなじだ。貴族同士が争い事をしているように見えるし、それも事実にはちがいないが、その争いに巻きこまれて犠牲になる者の多くは貧しい者たちだった。とならば、羅城門につどう浮浪者たちのあいだで起こる争い事を仲裁して、悪党を懲らしめているだけで、本当によいのか。虐げられた人々の役に立っているのだろうか」

ニシタカの問いは、今という時代にむきあう諸田玲子の真摯な問いでもあろう。

貧困が新たな装いで回帰しはじめる時代に直面した諸田玲子は、すでに定型化して現実から遊離しはじめた江戸市井シリーズものの先に、死の光景のひろがる不安定で混沌とした「王朝市井もの」という新たな試みですすみでようとする。

しかも、不安定で混沌としたステージでこそ、生きいきとたちあがる老若男女の魅力的な「なかま」を連れて――。

緒についたばかりの、この果敢な挑戦を讃えたい。

⑮無宿ものの「孤立感」が極まりをみせる

小杉健治 Kosugi Kenji

『追われ者半次郎』 宝島社文庫

上州無宿半次郎の最期

長い、長い。

いったい、かくまでに長く濃密な、打ち首獄門（さらし首）前の市中引き回しのシーンが今まであったか。痛ましい、無残、残酷などの言葉が連鎖するであろうシーンは、一瞬にしてくれと読者は願う。

上州倉賀野宿で宿場女郎お里と一夜をともにした半次郎は、その晩江戸で起きた強盗殺人の下手人とされてしまう。追われ者となり、追われ追われてさらに追われた半次郎が、ついにとどくのがこのシーンだとは、読者の誰も想像しなかったにちがいない。しかし、読者の想像をはるかにこえて、このシーンは容赦なく半次郎に襲いかかるのだ。

……鍵役が鞘土間に来て、お仕置者がある、と叫んだ。体を固くしていると、上州無宿半次郎と呼び上げる声が耳に飛び込んだ。覚悟が出来ていても、思わず崩れそうになる体を踏ん張った。二度、三度深呼吸をし、佐平に軽く頭を下げ、半次郎は留口を出た。（中略）

「――申渡しの趣き承るべし。その方儀、この一月二十二日神田佐久間町質屋越中屋久右衛門方に押し込み、主人九右衛門並びに妻いさを殺害し、金子二十両を奪い、その上逃亡を繰り返していた始末、不届き至極につき、市中引き回しの上獄門を申しつけ候ものなり」

「おありがとうございます」

半次郎の声は震えた。

かくして、半次郎が死にむかっておちていく打ち首獄門前の市中引き回しがはじまった――。

ネタバレ厳禁に逆らう

作者小杉健治は、一九八三年に「原島弁護士の処置」でデビューし、法廷ミステリーを中心に活躍。一九九〇年代後半に時代小説の発表をはじめて、二〇〇〇年代には書き下ろし時代小説文庫で続々と人気シリーズをうみだし現在にいたる。書き下ろし時代小説文庫では、佐伯泰英は別格として、一世代下の鈴木英治と人気をわけあう作家となっている。

人情ものにミステリーをからませた作風で、本文庫の帯にも「長編時代サスペンス」という言葉がおどる。

現代もの時代ものを問わず、近年のミステリーものの紹介は、わたしは苦手である。書評や文庫本解説などであつかうとかならず、編集者から「その記述はネタバレなので削除してくれ」との要請がはいる。

どうしてこんなことになるのか。理由ははっきりしている。その作品の評価は、「ネタ」といわれる物語の仕掛けの要あるいは結末までふくめないでは完結しないと、わたしは確信するからだ。

ずいぶん前にフランスの批評家チボーデの、「再読」をめぐる文章で、たとえばギリシャ悲劇やシェイクスピア劇は、結末を知っていることが読書の楽しみを損なうことなく、むしろ結末を知っているがゆえにそこにむかう一つひとつのエピソードに運命の不可避的な足音を聞く、といった巧みな表現を読み、とても感心したことがある。

一九九〇年代以降、ネタバレ注意が語られるようになった背景は、ネタ中心の痩せて脆弱な作品が増えたことではあるまいか。同時に、話の「肝」や結末を得れば満足というやはり痩せて脆弱な読者の増大もここにはかかわるだろう。

わたしが『追われ者半次郎』をめぐるこの文章で、半次郎がついに市中引き回しにとどく物語の結末からはじめるのは、ネタバレ厳禁派にはあってはならぬ最悪のネタバレとなるにちがいない。しかし——。

人びとそれぞれの凍える孤立感がうかびあがる

しかし、このシーンからはじめるのは、ネタバレなどではびくともしないこの作品への称賛ゆえである。

たしかに本作品は時代物サスペンスまたはミステリーであり、関知しないところで着せられた濡れ衣の実態を、半次郎みずから明らかにしていくのが物語の動因になっている。謎解きの興味が読者をひっぱるが、しかし、通常のミステリーのように解かれていく謎がその都度、新たな解放的な風景や心情をつれてくるのではない。

「上州名物の空っ風は弱まったが、垂れこめた雲の下で浅間山が霞んでいた。寒々とした街道を行く旅人の足も自然と早まる」という冒頭より、主に半次郎を視点にえかがれる物語からしみだし、たえずしみだしつづけるのは、凍えるような孤独感、孤立感である。

半次郎だけの孤立感ではない。

無実の証言者となるはずのお里を探し、真犯人を追う半次郎の前にたちふさがるのは、出来事に関係する人びとがかかえこんだ、二六歳の若い半次郎のそれよりはるかに深く、そして長い孤立感なのである。

奉公先を放りだされた後の、半次郎の恩人ともいうべき徳治は、どうして半次郎を共犯だといったのか。なぜ、お里は名のりでないのか。あるいは……。周囲に次つぎとうかびあがる人びとそれぞれの孤立感をたどる半次郎は、ふたたびじしんの孤立感にむきあうしかない。「半次郎は孤独だった。仙太まで去って行った。考えてみれば、いつも自分はひとりぼっちだったと思い知らされた。奉公に上がったときに、お園が身近にいた。大店を放り出されたあとは徳治がいた。しかし、お園のことは幻に過ぎなかった。こっぴどく裏切られたことでも明らかであり、徳治のことにしても半次郎が信じていたほど密着していなかったことでもわかる。（中略）やっと巡り会えた観音さまの化身のようなお里も遠くに去っていった。そして、とうとう仙太まで……。／ようやく犯人の手掛かりを得たというのに、喜びが湧かなかった。それより、孤独感のほうが勝っていた。（中略）無実の罪を晴らしたとしても、半次郎の孤独感が癒えるとは思えない」。

戦前流行した股旅ものに読みとるべきこと

凍えるような孤独感、孤立感は、捕縛後さらに孤絶感へと半次郎を追いやるが、そんな孤絶感のきわまりで、ひとりぼっちの自分になぜか親切だった人びとの面影をうかびあがらせる。佐平、吉蔵、仙太たち。徳治も、そしてお里も。徳治の思いとお里の思いをひきうけ、「自白」をする半次郎――そこに、打ち首獄門前の長い、長い市中引き回しがはじまるのだった。

物語は、死へとつきすすむこのシーンに、再度逆転を仕掛けている。お里をはじめ切れたはずの人びとがあらわれて、一瞬、半次郎と別れをかわすのだ。

本作品を読んですぐ、わたしはあるコラム（第二部㉕）でこのラストには物語の至福があらわれている、と書いた。今回、再読して、やはりそうだと思うと同時に、至福への反転はそれぞれの孤立、とりわけ半次郎の孤絶なしにはありえぬと思わないわけにはいかなかった。

従来、無宿ものあるいは股旅ものには、孤立感があふれる。この作品は、そんな孤立感を孤絶感のきわまりにまでひっぱっていった、といってよい。

加太こうじの『日本のヤクザ』（一九六四年）によれば、ヤクザもの、股旅ものが大流行をみた一九三五年前後には、それは裏返した軍国主義礼賛になっていたという。たしかにそこには軍隊組織とヤクザ組織の類似性が関係していただろう。しかしわたしは、よりどころも仲間もなく、生きる展望もなく——別の生への変更を絶たれて孤絶する人びとの、戦争への投身があったとみる。『追われ者半次郎』にあふれる孤絶感に、わたしはつよくうたれるとともに、それを「戦争をする国」に譲渡さぬためにはどうすればよいか——そこにもまた、「新たな仲間」の形成という時代小説の可能性があるはずだと思う。

⑯「戦後」論としての江戸物語

武内 涼 takeuchi ryo 『人斬り草 妖草師』 徳間文庫

人気シリーズの交代

武内涼のことは、もう、時代小説ファンなら誰もが知っている。

二〇一一年に『忍びの森』で登場し、『戦都の陰陽師』、『秀吉を討て』など、次つぎに話題作を刊行しつづける旺盛な創作活動はもちろん、武骨さを内面でうけ涼やかさにつなぐ絶妙なペンネームも、言葉にこだわる時代小説ファンをひきつけるのだろう。

時代小説ファン必携の書となっている『この時代小説がすごい!』の二〇一五年版で、武内涼の『妖草師』は、書き下ろし時代小説文庫部門（ベスト二〇）において、第四位に選ばれた。

第三位は辻堂魁の「風の市兵衛」シリーズ、第二位は上田秀人「百万石の留守居役」シリーズ、そして第一位は髙田郁《かおる》の「みをつくし料理帖」シリーズである。周知のとおり辻堂魁、上田秀人は時代小説界の大ベテラン、髙田郁は佐伯泰英とともに書下ろし時代小説ブームをもりあげた二大牽引者であることを思えば、新鋭武内涼の第四位は、ニューウェーブ系時代小説のトップにかがやくにちがいない。

しかも、髙田郁の大人気シリーズが完結した年に、この新シリーズ「妖草師」のはじまりである。人気シリーズは髙田郁から武内涼へとひきつがれたといってもよい。

江戸市井の若い女料理人をめぐる人情話から、京を舞台に人と社会に災いをなす奇異な妖草と闘う若き妖草師およびその仲間たちの伝奇活劇譚へ。

静から動へ、明から暗へ、日常から非日常へ、しみじみとした情感から驚愕によってみちびかれる深い思索へ、あるいは……。

過酷な出来事と社会の大きな変容が顕著となった今。ファンの新たな関心と期待にこたえるかのように、シリーズ第二巻となる本作品『妖草師　人斬り草』が刊行される。

シリーズものは途中から手をだしにくいと敬遠する読者も多い。加えて、シリーズものは初々しき第一巻がおもしろいというのが定説である。しかし、「妖草師」シリーズにかんする限り、そんな定説はあてはまらない。『妖草師』はたしかにおもしろい。が、平賀源内や与謝蕪村なども登場し妖草との闘いに加わる『妖草師　人斬り草』はもっとにぎやかで、はるかに深く、いっそうおもしろいのだ。本作品から読者は躊躇なく、すでにふつふつと沸きたつ物語の真っただ中にとびこめばよい。

突如、忍者が出現した

武内涼？

わたしは大学の研究室で、武内涼と名のる人の訪問を待っていた。角川ホラー文庫から書き下ろし時代小説を出すので持っていきたいと、メールにはあった。わたしの講義「ホラー論・怪物論」の受講生だったという。しかし見覚えのない名前だった。

「ホラー論（前期）・怪物論（後期）」は、文学部で最大の四〇〇人教室で毎年開講している授業で、もう一五年つづく。その時どきの事件や話題や、小説、映画、マンガ、アニメなどをとおして、人と社会の「暗黒」および「異形」性をあきらかにしつつ、それらを存分に浴びた末に一筋の希望をみいだす……。こう書くと、われながらアクロバティックにも思える物騒な講義である。

パワーポイントや映像を使用することから教室の照明の多くを落とす。「さて」と話しはじめると、薄暗く静まりかえった巨大な空間はたちまち、それぞれの「暗黒」を心身いっぱいにかかえこみてやってきた四〇〇人の学生の興味と反発、思考と探求心が交叉し乱反射するステージと化す。そのときの学生一人ひとりのうかべる生きいきとした表情が、なんともいい。わたしが受講生の顔をあらかた覚えてしまうのは、あるいは、それゆえか。

ドアを開けてはいってきた瞬間、武内涼がかつて暗い巨大空間で生きいきとした表情をうかべていた学生の一人であるのが、わたしにはわかった。そして、忍者をめぐる異様に分厚いレポートを提出した学生だということも。

忍者を主人公に据えた壮大な映画づくりにこだわりつづける武内涼は、卒業後、映画製作の仕事につく。が、集団のなかにあってその実現は遠ざかるばかりだった。

ある日、朝から新宿御苑のベンチに一日すわって今後を考えようと思いたつ。日が傾き閉園が迫るころ、突如、頭のなかに忍者が出現、次からつぎへと炸裂するイメージは多くの場面を形成、やがてストーリー全体があらわれでた——映像化するにはあまりに奇想の世界に、奇異なイメージが連鎖する。

それを言葉にしたのが『忍びの森』だった。

思想のたしかさと多様なイメージの乱舞

武内涼作品の魅力の二つの柱、ツートップは、言葉の潜勢力を駆使したグロテスクで美しいイメージの乱舞とともに、人と社会をめぐる思想のたしかさ、揺るぎなさである。

たとえば、戦国乱世の響きに怯える京の町で陰陽師の姫が活躍する『戦都の陰陽師』（二〇一一年）

には、こうある。「戦国という時代は、民が己らのために国を創る可能性にあふれていた。その道が、信長によって完全につぶされたことが、今日の日本にも、深い爪跡を残しているとしか思えない」。今どうして戦国なのか。戦国乱世を舞台にした歴史・時代小説がいつもあいまいにする問いに、武内涼はきっぱりと答える。

歴史における英雄豪傑の跳梁跋扈《ちょうりょうばっこ》を認めず、横につながった民の幸福を踏みにじるどんな権力をも認めない。つよい否認が武内涼作品には底流し、暴力的な垂直的秩序に、友愛でつながる喜ばしき水平的な関係を刺しこむ仲間たちを前へ前へとおしだす。

垂直的秩序から水平的秩序へ――そうあるべきにもかかわらず、そうでなかった歴史の暗黒に立ちむかう武内涼の作品が、別の生き方、別の人間関係のあざやかな現出をめざして、伝奇にかたむきファンタジー的趣きをもたないはずはない。

『妖草師　人斬り草』で、魅力のツートップをうむ二の柱は、いっそうはっきりとあらわれている。

時代は幕藩体制がそびえたつ江戸時代中期。

体制の中の「平和」があたりまえになった時代に、奇怪な変事があいつぐ。

こんな変事の要因に妖草の存在をみるのは、京の町で草木の医者を営みながら妖草師として都を守る庭田重奈雄《しげなお》である。「妖草とは、常世と呼ばれる異界に芽吹き、時折り、人の世にやってくる妖しの草である。こちら側に芽吹くときは、人間の心を苗床にし、様々な災いや、妖しの出来事のきっかけになる。妖草師とは、沢山の種類の妖草の効能、駆除法に通じ——遥か昔から人の世を守ってきた者たちなのだ」。

妖草から人の心の暗黒へ、さらには社会の暗黒へとたどり、「平和」な時代がいかに多くの暗黒をかかえ、ふみつぶしているかを重奈雄は目のあたりにする。

町衆の自治から生まれた花道家元の娘である椿と組んだ重奈雄は、絵師の曾我《そが》蕭白《しょうはく》や池大雅《いけのたいが》と一緒に、妖草や妖木と闘い、その実、暗黒をもたらす人と社会のありかたに闘いを挑む。そんな大いなる闘いに、あるときは平賀源内、あるときは与謝蕪村、あるときは伊藤若冲といった、それぞれのジャンルで突出し時代の閉塞と相渉《あいわた》る人物たちがからむのは必然である。

武内涼にとって、戦国の物語が「戦中」論の具体化だとすれば、この江戸中期の物語は「戦後」論の結実か。

現在から遠くて異なる伝奇時代小説こそが、臆病きわまりない現代小説をしり目に、「新たな戦前」にのりあげようとする「戦後七〇年」の暗黒をくっきりとてらしだし、執拗に変更を迫る、迫る。

いいぞ、武内涼。

⓱ 苦境こそが晴れ舞台

山本一力 Yamamoto Ichiriki 『千両かんばん』 新潮文庫

生の悪状況からはじめる

山本一力が創りだす人生の晴れ舞台は、人の苦境そのものにある。

苦境ばかりではない。

苦しみ、失意、不遇、窮地、難局、逆境、窮状……。

わたしたち誰もがかならず嘗めないわけにはいかない、生の悪状況である。

しかし、山本一力にとって、こうした悪状況は、生の行止まりではない。

山本一力の物語では、生きることの底の底にふれた者だけが、そこから生きいきと、晴ればれと生還する主人公となる。

生の暗闇の淵は、新たな生の実現の沃野なのだ。

なんとも豪奢なタイトルを冠せられた本作品『千両かんばん』の主人公、江戸深川に住む飾り行灯《あんどん》職人武市《ぶいち》もまた、そうした主人公である。ただし、武市の再生を導く言葉のひとつが、「飾り行灯には、深い闇が一番の手助けになります」であるのをみれば、苦境の闇から出て前代未聞の飾り行灯創出にいたる本作品は、山本一力がみずからの物語世界の成り立ちをはっきりと意識して創りあげた、他にはない作品になっている。

本作品ではじめて山本一力作品に出会う読者は、その核心にとどく僥倖に浴するであろう。また、愛読者なら、多くの秀作における苦境からの反転を脳裏に甦らせつつ、武市の新たな反転と挑戦のドラマを堪能できるにちがいない。

時代小説苦境反転派三代

こうした大きな反転の物語を創りだす確固とした人間観と、実現しうる文学的腕力において、今、山本一力にまさる時代小説作家をみいだすのはむずかしい。

過去にもとめても、わたしには、まず山本周五郎、つぎに藤沢周平しか思いうかばない。

山本周五郎は、市井人情ものの傑作を集めた『将監《しょうげん》さまの細みち』について、みずからこう述べている。「人間の人間らしさ、人間同士の共感といったものを、満足やよろこびのなかよりも、貧困や病苦や、失意や、絶望のなかに、より強く私は感じることができる。（中略）ここには読者の身辺にすぐみいだせる人たちの、生きる苦しみや悲しみや、そうして、ささやかではあるが、深いよろこびが、さぐり出されている筈である」。敗戦直後に書きだす「柳橋物語」から顕著となった、絶望のきわみからだけ希望がたちあがる物語を、山本周五郎は倦《う》むことなくつみかさね、一九六七年に急逝する。

四年後の一九七一年、藤沢周平が「溟い海」で第三八回オール讀物新人賞を受賞して登場、一九七三年には「暗殺の年輪」で第六九回直木賞を受賞する。暗闇にさしこむ一筋の光を独特なやわらかな情感でつつむ多くの作品を残して、藤沢周平が亡くなるのは一九九七年一月だった。

すると同年秋、山本一力が、まさしく起死回生の物語「蒼龍」で第七七回オール讀物新人賞を受賞してデビュー。二〇〇二年には「あかね空」で第一二六回直木賞を受賞し、以来、山本一力はさまざまなジャンルの時代小説を書きつつ、近年は郷土土佐の先覚者、中浜万次郎の生涯を丹念にたどる、ライフワークともいうべき大作「ジョン・マン」シリーズにうちこむ——。

山本周五郎、藤沢周平、山本一力。わたしが思いえがく、いわば時代小説苦境反転派三代の流れである。

「落っこちることのツキ」

コピーライター時代のながかった山本一力は、日常のありふれた言葉をたくみにくみあわせた軽妙なキャッチフレーズづくりにもたけている。座談の名手にして卓抜なテレビ・コメンテーターである所以だが、実際に体験した苦境からの反転を、次のように語っている。「一番最初にある文学賞の新人賞に応募したときは最終選考まで行ったんだけど、落っこちた。（中略）そういう『落っこちることのツキ』っていうのを、みんなもっと真剣に考えたほうがいいぞ。何で俺はついてないんだ、こんなんで落っこって、って思うよな。落ち込んだり、腹も立つ。でも、落っこちるっていうのは、本当はツイてるんだよ。『そこでもう一回見直しをしろ』と言われてるんだから」（人材バンクネット「魂の仕事人第二二回・山本一力氏インタビュー」）。

わたしのみるところ、山本周五郎も藤沢周平も、苦境は好機＝チャンスと、ここまであっけらかんとポジティブな態度をとってはいなかった。ここには曖昧さ、中途半端さをけっして許容せぬ山本一力の個性はもとより、それぞれの作家が書きつづけた時代もかかわっていよう。

山本周五郎の活躍が戦後から高度経済成長期まで、藤沢周平のそれは主にバブル時代にのりあげる低成長時代と、明暗の起伏にとむ時代であるのにたいし、山本一力の登場から今までは、バブル崩壊後の弊害が連鎖して起伏らしい起伏もない、「失われた二〇年」すなわち苦境連続の時代にかさなる。苦境以外をみいだすのはじつに困難な時代がつづく。苦境を好機ととらえねば一歩もふみだせない時代こそ、山本一力活躍の晴れ舞台なのだ。

苦境のど真ん中をくぐりぬける

しかしそれにしても、本作品の主人公、若い武市が直面する苦境は尋常ではない。

武市は文化一四年（一八一七）年、江戸深川は高橋の裏店で生まれた。ふすま絵を描く職人の父と、針仕事の腕に秀でる母は、表通りで経師《きょうじ》屋を営む夢をいだいていたが、武市が生まれてわずか四カ月後、町を襲う大火で焼死した。

長屋の女房たちの手で育てられた武市は、三歳のころから枯れ枝で地べたに絵を描きだす。六歳の夏たまたま通りかかった飾り行灯造りの頭領六造によって才能をみいだされ、手元に引き取られた。きびしい修業に耐え、めきめき技量をあげる武市に六造はおおいに期待し、「緋色の六造」の異名をとる紅花の技を伝授すると約束したが、伝授の寸前、急逝してしまう。以前より武市を疎んじていた六造の女房は武市を宿から追いだすばかりか、弟弟子の裕三に六造が書き残した紅花絞りの技法を見せたのだった――。

ただし物語は、こうした武市の苦境をながながとは語らない。苦境は物語の当然の前提とでもいうように、過去のエピソードとして紹介されるだけである。

六造の死から二三年後の一一月一日からはじまり、二日、三日……主に九日まで、めずらしく日付と時刻のはいった物語は、苦境とむきあい、うけとめ、そのど真ん中をくぐりぬけた武市の、新趣向の飾り行灯制作にむけた新たな挑戦をひとつ、ひとつ、またひとつと、執拗なまでに丹念にとらえていく。

こうした物語の濃密さは、本作品が金沢の雑誌「季刊　北國文華」(北國新聞社)に、二〇〇五年夏号から二〇一三年春号までほぼ八年間、長期連載されたことともけっして無関係ではあるまい。単純に計算すれば、一年かけて一日と少しを書きすすめたことになる。

それは、武市の再生をうながす人物として、次つぎに主役級の人物を惜しげもなく登場させていることにもかかわるだろうか。担ぎうどん屋の聡助、木戸番の徳蔵をはじめとして、武市が毎朝顔を出すうどん屋で一膳飯屋でもある「はやし」のあるじ矢七と女房おたみ、縄のれん「えんま」の亭主多蔵に女房のおひさ、屋根船の船頭常太郎に、薪船の船頭釜兵衛など、それぞれの苦境を、生きるつよさにかえた者たちである。

より大きな勝負のはじまり

一人で立派に一作品を背負えるであろう人びとの一言一言、一挙手一投足が、若い武市をつきうごかさぬはずはない。それらが深川という町の濃やかな人情と渋く洗練された文化につながっているのであれば、なおさらである。

新趣向の飾り行灯創出にむけた武市の貪欲ともいうべき学びの姿勢は、このときすでに武市のなかにかつての自信が甦っていたことを示す。武市ならではのひらめきがくわわり、ついに、乾物問屋大木屋の屋根に河を滑る猪牙舟《ちょきぶね》を乗せ、その舳先に据える行灯には加賀あかねで描いた梅鉢の紋をあしらう前代未聞の趣向にいたるが、しかし、実現までのほんとうの困難はここからだった。新たな登場人物を相手に、武市の執拗で果敢な挑戦が開始される——。

武市にとって、ひとつの勝負のおわりは、つぎのより大きな勝負のはじまりである。

物語の最後には、「バシッ」との鈍い音とともに、「裕三、今日からが勝負だぜ」という武市の言葉がひびく。

山本一力作品ならではの、そしてなくてはならぬ、いわば「思いの大見得」の心地よき炸裂の瞬間だ。

IV ここは別な世界へ、これとは別な生き方へ

18 黒い歴史を切り裂く閃光

乾 緑郎 Inui Rokuro

『塞《さえ》の巫女《みこ》 甲州忍び秘伝』

朝日文庫

疑わねば、生きられぬ

なんとも疑わしい。
いま見える色も、聞こえる音も、たゆたう匂いも、この感覚も、疑わしい。
人びととの当然のように受容して生きる世界のすべてが、疑わしい。
この居心地の悪さはどうだ。
今だけではない。こんな今をみちびいたとされる過去もまた、疑うにあたいする。
否、疑わねば、生きられぬ。

正史（今にいたる勝者のえがく歴史）の無意識の囚人であるのを拒むすぐれた歴史時代小説に横溢する、切迫した破壊的な思いである。

そして、疑いが過去の定説の果敢な書き換えや解釈の改変にとどまらず、さらに一歩ふみだし、過去の黒いかたまりを切り裂く閃光のようなイメージとして新たに結実したとき、ここに「伝奇もの」歴史時代小説の誕生をみる。

正史でおなじみの人物たちに、見たことも聞いたこともない人物が当然のように混じり、おなじみの史実を蹴散らかし、おなじみの場所と風景をも見知らぬそれに変じる。やがて、おなじみだった人物たちが背景にしりぞき、見知らぬ者たちが前景でいきいきと活動しはじめる。もうひとつの世界、別の生き方への通路――伝奇もの歴史時代小説の醍醐味といってよい。

乾緑郎の『塞の巫女――甲州忍び秘伝』は、幾重にも謎めくタイトルからもわかるように、伝奇ものの歴史時代小説の醍醐味に、忍者ものの暗い痛快さがくわわった作品である。

「塞の神」の両義性

作者の乾緑郎は、二〇一〇年八月、第二回朝日小説大賞を『忍び外伝』で受賞し遅いデビューをはたす。

ただし、この人の芸能者としての経歴はながい。十代より演劇を志し、舞台俳優、演出家、脚本家として小劇場系を中心に活動している。柔軟さを失った従来の演劇総体が正系だとしたら、活動の拠点とする小劇場はそんな正系を疑うことからはじまった運動であり、演劇のいわば「伝奇」系であり、また無名の実力者が小宇宙に闊歩するという意味からは「忍者」系といってもよい。

本作品は受賞第一作として、ほぼ一年後に書きおろされた。受賞作で蓄えのほとんどをだしきり、二作目でいちじるしく失速する例が多いなか、本作品はスケールの大きさ、イメージのあざやかさ、趣向の巧みさ、思想の深さなど、いずれをとっても前作をはるかにしのぐ。

演劇芸能者としてのながい活動は、切れのいい場面転換、屹立する台詞の妙などに顕著なだけではなく、なによりもまず、炸裂を十全に実現できぬ奇想の、はてしなき拡充をもたらしたにちがいない。

この度の文庫化を機会に本作品は、刊行時の『忍び秘伝』から『塞の巫女——甲州忍び秘伝』へ改題される。『忍び外伝』のシリーズ第二弾と誤る読者が少なくなかったからだが、「忍び」「秘伝」に、それを従えるように「塞の巫女」という言葉がのることによって、いっそう伝奇性が増した。

村境などに置かれ、外部からの邪霊の侵入をはばむ神を、「塞《さえ》の神」または「障《さえ》の神」、「道祖《どうそ》神」とよぶ。「塞」はとりでを意味するが、そのかたちから近世には良縁と出産の神とされた。柳田国男の『石神問答』をてがかりに、国家と権力の成立以前の列島に生息した力動的な精霊をとらえかえした中沢新一の『精霊の王』では、「塞の神」をそれらの精霊（シャグジ、ミシャグジ、シュクジンなどと呼ばれた）の痕跡とした。

この物語の可憐なヒロイン小梅は、根源的な生命力につながるとともに、そんな力が過剰に顕現してしまう際の「とりで」でもあるという「塞の神」の両義性をひきつぐ。まさしく「塞の巫女」である。

忍者ものと市井ものとが正史を挟撃する

新鋭に忍者ものがつづく。

『のぼうの城』の和田竜が、伊賀忍びの裏切りと寝返りの執拗に反復する『忍びの国』（二〇〇八年）を書き、武内涼が熊野古道の廃寺での凄絶なサバイバル・バトルをえがく『忍びの森』（二〇一一年）で登場した。乾緑郎の二作を加えれば、これら新鋭たちの、暗黒世界を疾駆する「忍者もの」は、新進女性作家が主に活躍する、しっとりとしたリアル系の「市井もの」とは好対照といえようか。ふたつの傾向が、歴史上の著名人のにぎやかにつどう正史的物語世界を、あざわらうかのように挟撃しているのが歴史時代小説の現況である。

『忍び外伝』で稀代の幻術師果心居士を登場させた乾緑郎は、本作品では「飛び加藤」の異名をとる謎の忍者、加藤段蔵を跳梁跋扈させる。

ペルシャを舞台にした桁違いの伝奇小説から出発した司馬遼太郎に、佳作「果心居士の幻術」と

「飛び加藤」があり、また戸部新十郎の長篇『服部半蔵』には、果心居士の弟子として段蔵があらわれる。また、山田風太郎の『伊賀忍法帖』には、果心居士が見え隠れする。いずれも歴史の表舞台にはあらわれぬ影の存在である。乾緑郎は大胆にも、忍者伝奇ものの本流に位置取りしつつ、もっとも扱いにくく魅力的なキャラクターを、これまで以上に大きなステージで躍動させる。

それだけではない。

果心居士には若い忍びの文吾を、そして段蔵には、これまた謎の軍師山本勘助をつないだうえで、可憐な巫女小梅を対峙させ、暗い伝奇世界を明るく躍動的なそれへとあざやかに転換させる。乾緑郎ならではの痛快な趣向＝思想といってよい。

暴力連鎖の暗黒

物語は、日本最古の神社のひとつ諏訪大社の御柱祭《おんばしら》からはじまる。

この勇猛な祭の年に、武田信虎の娘禰々《ねね》とのあいだに生まれた寅王丸の幸いをよろこぶ諏訪頼重。しかし、たちまち物語には暗雲がかかり、次の場面では、武田晴信（信玄）に謀られ切腹する頼重が大写しとなる。みごとな切腹でも無念は晴れず、腸をつかみ投げようとする頼重を、晴信に仕える容貌魁偉で隻眼の山本勘助の一閃が襲う。泣くようにも興奮しているようにもみえる勘助の背後で時空がはげしくゆがみ、きしむ……。

天下獲りの野望と陰謀、復讐と怨念とにみちた戦国争乱の時代に勢いよくとびだした物語は、甲州武田家三代、信虎、信玄、勝頼の暗闘を縦軸にする。しかしそれはあくまでも表層においてであり、戦国史おなじみの悲運の三代記は、不可思議な人びとが渦巻く深層の物語が露呈するきっかけにすぎない。

武田家にとりつく怨みと呪いの化身寅王丸のちに忍者加藤段蔵、出自のふたしかな山本勘助が、諏訪大社縁起の兇神＝圧倒的な破壊神「御左口神《みしゃぐち》」とつながる巫女小梅をはさみ、巫女頭でくノ一の望月千代、真田家の若き剣客武藤喜兵衛（真田昌幸）らと、終わりのない争闘をくりひろげる。小梅は、信玄と諏訪の梅姫の子でありながら、口寄せや神降ろしのほかに売笑もする巫女の村で、忍びの術も学び成長したのだった。

物語はＳＦのいわゆるタイムパラドックスを大枠で採用——発端と結末、原因と結果はもとより、夢と現実、過去と現在と未来など、いくつもの層を複雑に混在させながら、戦国の世に常態化した「殺し殺され、殺され殺し」の暴力連鎖の暗黒を、深層から深々とうかびあがらせる。

小梅と喜兵衛とを太古の諏訪のひろがる「地下の国々」で、「人がこの世に生まれるずっと以前にやってきた蕃神《ばんしん》」すなわち御左口神に直面させる長いながい夢は、まことに圧巻といわねばならない。太古の神は、地上の騒乱とはかかわりをもたぬ、ときに荒れときに慈しむ根源的な生命力の神であった。

別の世界へ、別の生き方へ

物語の結末も、依然として戦国の世である。「殺し、殺され」の暴力連鎖のついに断てぬ重苦しさもつづく。

しかし、この世にとどまり、託宣や口寄せ、病気平癒などの祈禱をおこない諸国をめぐる歩き巫女の道をえらんだ小梅は——ひとりではない。

朱色に染まる境内の林を、子の姿を探して歩く。まだ小さいが、旅から旅への暮らしには慣れているから、近隣の子供らとすぐに仲良くなる術も心得ていて、いつもちゃんばら遊びなどをしている腕白な子に育った。

「おおい、佐助、どこだ」

小梅が手の平を口に当てて大きな声を出すと、木の上から、きゃっきゃっと笑う小猿のような声が聞こえた。

別の世界へ。

別の生き方へ。

「殺し、殺され」の暴力連鎖に、変幻自在に立ち向かう「真田十勇士」の驚愕の誕生が示され、物語には瞬時、さわやかな風がふく。

まさに、歴史の黒いかたまりを切り裂く閃光のようなイメージだ。

伝奇もの歴史時代小説の醍醐味中の醍醐味が、ここには、たしかに、ある。

⑲「滅亡の物語」から「誕生の物語」へ

小前 亮 Komae Ryo 『三国志姜維伝《さんごくしきょういでん》 諸葛孔明の遺志を継ぐ者』 朝日文庫

「滅亡の物語」を「誕生の物語」へ

桁違い、という。

しかし、いったいいくつ桁が違うのか。

想像を絶する、という。

が、想像の閾《いき》をどれほど超えればそこにとどくのか。

広大な天地間をステージにくりひろげられた、四〇〇〇年を超える興亡の中国史を思いうかべようとすれば、かならず、そんな眩暈《めまい》に似た感覚におそわれる。

不快ではない。変わらぬ風景と堅固な常識に亀裂をいれ、停滞した思考と鈍麻した感情をはげしくゆさぶる感覚は、むしろ爽快である。

こうした体験は、けっしてわたしだけではあるまい。

夏、殷、周、春秋時代、戦国時代、秦、漢（前漢）、新、後漢、そして魏と蜀（蜀漢）と呉の三国時代――と、かつて教科書で記憶した中国王朝史（権力盛衰史）をここまで順につづっても、まだ西暦で三〇〇年にならない。

倭国でようやく小さな大和政権が誕生する以前に、かくまでの永き動乱の歴史が、夥《おびただ》しく流される血でしるされてきたことに、あらためておどろかされる。

歴史小説の新鋭、小前亮の『三国志姜維伝　諸葛孔明の遺志を継ぐ者』は、興亡の中国史のなかでもとりわけ波乱にとんだ三国時代、綺羅星のごとき英雄たちが次つぎに退場し三国が膠着状態に陥ったその末期に、なお軍を率いて強大な魏へと北伐をくりかえした蜀漢の武人・姜維（二〇二年～二六四年）の悲運の生涯をえがく。

歴史小説というより歴史書に思えるタイトルだが、わたしはここに、作者の歴史小説家としての果敢な冒険心をみる。

陳寿の歴史書『三国志』（正史）でも羅貫中の小説『三国志演義』でも、評価こそ異なるとはいえ、蜀漢の名丞相《じょうしょう》・諸葛孔明の高弟としてあつかわれてきた姜維を、大胆にも主人公にすえる。人口に膾炙《かいしゃ》した五丈原での諸葛孔明の死の後、にわかに精彩をうしなう、主に『三国志演義』由来の三国志物語に、姜維の執拗でねばりづよい行動と思いをたえまなくそそぎこむ。それは、従来の三国志物語の終わりに位置する姜維から物語を始める意義とあいまって、壮大なる「滅亡の物語」とみなされてきた三国志物語を、「誕生の物語」へと転換するにちがいない……。おそらくこれが、作者がタイトルに含ませ作品で縦横に試みた、史上最大級の物語へのじつに野心的な挑戦なのである。

清新なる姜維像

物語には冒頭からすでに、「滅び」のにおいが濃厚にたちこめる。

「陽が落ちようとしていた。／赤く焼けていた地平線が、徐々に暗く沈んでいく。長く伸びていた天幕の影は、すでに闇に溶けている」。不可逆の時間の容赦ない進行を暗い情景のうちにひそませる、すぐれた歴史小説ならではの文体によって、わたしたちは桁違いで想像を絶する世界へ有無を言わさずはこばれる。

蜀漢の暦で建興一二年（西暦二三四年）。諸葛亮（孔明は字）が五四歳で死んだ。「姜維にとって、諸葛亮は師であり、上官であり、父親だった。それだけにとどまらない。姜維は母を捨て、妻子を捨てて、単身で蜀漢に、いや諸葛亮に降ったのだ。諸葛亮は国そのものであり、忠誠の対象であった。／それが、失われたのだ。これから、どうやって、何をよすがに生きていけばいいのだろうか」。

この問いの前に立ちはだかるのは、連綿と語り継がれてきた姜維像である。

曹操に始まって孔明に終わる二大英雄の成敗争奪の跡を叙したと三国志をとらえ、みずから大作『三国志』を書いた吉川英治は、最終巻「五丈原の巻」で孔明の死をえがいたのち、「篇外余禄」を付してごく短く姜維にふれている。姜維のただ一つの欠点であるが――これは結果論となるが――は、涙ぐましいほどなものがある。／ただ――これは結果論となるが――姜維のただ一つの欠点であったことは、孔明ほどな大才や機略にはとうてい及ばない自己であるのを知りながらも、その誓うところは余りに大きく、その任あまりに多く、しかも功を急ぐの結果、彼の英身が、かえって蜀の瓦解へ拍車をかけるの形をなしてしまったことである」。孔明の遺志を継ぎ愚直なまでに北伐をつづけ国を傾けたというおなじみの姜維非難の見方をくぐりつつ、こう結ぶ。「だが、過去を天地の偉大な詩として観るとき、姜維の多感熱情はやはり蜀史の華といえよう」（『吉川英治歴史時代文庫40　三国志（八）』）。

吉川英治版三国志や柴田錬三郎版三国志などを『三国志演義』を下敷きにした時代小説と退け、あくまでも正史『三国志』を下敷きに史実に即した歴史小説をめざして、先頃完結した宮城谷昌光の『三国志』では、孔明死後の姜維はたえず皮肉な視線にさらされる。「姜維のおもしろさは、おのれに同調しない張翼のような将を遠ざけずに、つかいつづけたことである」が、その張翼によってくりかえし姜維は、策士だが成功を招きよせたことはなく、策はかならず竜頭蛇尾に終わった者とみなされる（『三国志　第十二巻』）。

本作品は、姜維への、主に『三国志演義』由来の好評と主に『三国志』由来の不評をもろともにひきうけつつ、たんに「蜀史の華」にとどまらぬ清新な姜維像をうちたてようとする。

負けない戦いをつみかさねる

後漢の正統をかかげ蜀漢を建国した劉備の漢再興の遺志を引き継ぐ諸葛亮、その遺志をさらに引き継ぐ姜維というストーリーの主線はあきらかだが、しかし、それぞれに課せられた歴史的条件はけっして同じではない。

戦に消極的な国政ゆえに、少数の手勢での厳しい戦いを強いられた姜維の苦しい自問はつづく。「負けない戦い、局地戦の勝利を積み重ねて、徐々に有利な状況をつくっていく。その戦略で、本当に正しいのか」。「諸葛亮は決して、無理な戦をしなかった。不利な状況だと判断したら、撤退するのをためらわなかった。それでは勝てないというところから、姜維の戦いははじまったのだ」。師の遺志を継ぐにもかかわらず、ではない。遺志を継ぐがゆえに、個々の戦いに応じて、ときには奇策もて進まねばならぬのだ。圧倒的に強大な敵に大敗するのは必定。だが敗北は行き止まりではない。

むしろ敗北のなかにこそ逆転の糸口をみいだす。勝利し奢る相手方の亀裂矛盾をとらえ、謀叛へとおしひろげようとする。けっしてあきらめぬ策士姜維の面目躍如、である。姜維に「滅び」の詠嘆はなく、生きて「滅び」を一瞬でも遠ざけようとする意志が黒くかがやく。

ここまでは従来の姜維像にむけた作者の異なる解釈の描出である。

作者は、あきらめぬ姜維をより顕在化しようと、幾人かのオリジナル・キャラクターを物語に登場させる。

成都での良きパートナー陳蓮がそのひとり。姜維が諸葛亮の遺志を継ぐように、陳蓮は、諸葛亮夫人たちの事業を引き継ぐ。親を失った子どもたちへの援助である。

そんな陳蓮が姜維に託すのが、魏に親を殺された羌《きょう》族の双子の兄妹、十二歳の呂定千《りょていせん》と呂桂巴《りょけいは》である。「若いのに復讐など考えるべきではない」と姜維はいったんは拒むものの、陳蓮の意図を察してうけいれた。過酷な境遇にあってなお生きることの喜びを無邪気なまでに炸裂させる兄妹。姜維は「あの子を私たちの戦いに巻きこみたくはない」と思うのだった。


「くふくふ」という機嫌良い笑い声がきこえる

四人がそろう、忘れがたい場面がある。

兄妹からに諸葛亮について聞かれた姜維は、「丞相はこの国を育てた方だ。そして、私たちを育ててくれた方でもある」と言う――。

姜維の言葉を聞いて、定千と桂巴は顔を見合わせている。無言の会話が成立したのか、桂巴がくすりと笑った。

「じゃあ、この国と姜維様は兄弟ですね」

「え？」

妙な発想に、姜維はまばたきをくりかえした。隣に目をやると、陳蓮が口に手を当てて、笑みをもらしている。

「……そういう考え方も、ありえないことはないか」

姜維は、何ともいえぬ温かな思いが、胸に満ちてくるのを感じていた。


親子の関係を兄弟の関係へ。垂直的な関係を、皆がともに生きる水平的な関係へとかろやかに転換する。兄妹のそんな笑みと言葉は、武人としての姜維がこころのなかに永く封印していた生への願いと温かな感情をあふれさせる。

やがて時がたち、志をつらぬいた末、逃れがたく死が迫った刹那、殺到する無数の敵を防ぎつつ姜維は、兄妹に言う。「おまえたちは、自由に生きろ。国とか、親とか、師とか、志とかは関係なく。好きなように、生きるんだ」。

物語はここで最大かつ最短のクライマックスを迎える。

思えば、姜維の戦いは、姜維の代で戦いを終わらせるための不断の戦いであった。

ひとりの死は、ふたりの新たな生をうむ。

従来の生の終わりが、まったく新たな生の始まりとなる。ならねばならぬ。

「滅びの物語」としての三国志物語が、そのまま「誕生の物語」へと転換した瞬間である。

それゆえだろう、暗澹とした情景で始まったこの物語の終わりは、ほの明るい。

諸葛孔明の死後をめぐる周知のエピソードに意表を突くかっこうでつけ加えられた、姜維を想う百歳をはるかに超える老人の「くふくふ」という機嫌良い笑い声に、わたしは、従来の物語に果敢に挑み満足する成果をえた作者、小前亮の、安堵の気持ちを感じないわけにはいかない。

⑳変わらぬなら、この自分が変える

あさのあつこ　Asano Atsuko

『東雲《しののめ》の途《みち》』

光文社時代小説文庫

時代小説の怪物

いままで見たことがない。

会ったことがない。

しかも、一人ではないのだ。

季節がめぐり、日がめぐる江戸の街を背景に、異《い》なる人びとが次つぎにうかびあがり、はげしく、執拗に交叉する。

型にはまらぬ異質な者、周囲に容易に溶けこまぬ物に、ひたすら惹きつけられる北町同心、小暮信次郎。

小奇麗な小間物をあつかう遠野屋の若き主にして、漆黒の過去にいざなわれるかのように、出来事を、災厄を、人の死をひきよせてしまう清之介。

「人ってのはつくづくおもしれえもんだな」が口癖の、老練な岡っ引き、伊佐治。

物語の展開を主導する三人だ。

見知らぬ者のようでいて、しかし、いつかどこかで見た、会った。たしかに会った、見たと思える。他の物語のなかでというより、わたしたちの心のなかで。

不思議ななつかしさをいっぱいに湛えた視界わずか数センチの謎めく世界が、あるいは鮮血を噴出させ、あるいは人と人とを激突させ、あるいは街を浮遊する多くの夢をたばねる。物語のはてに人びとが直面するのは、はたして闇か、光か、さらなる漆黒の闇か。

——あさのあつこの時代小説『東雲の途』である。

『弥勒の月』（二〇〇六年）にはじまった「弥勒」シリーズの四作目、シリーズが最初の頂点にとどき、底流する思想を顕在化した記念すべき作品である。第一作からの愛読者の満足はもちろん、本書から読む者はもっとも高い峰に直接とどく僥倖に浴するにちがいない。

時代小説といえば、厳かであれ軽妙であれ、わかりやすさと安定感を特徴とする。読者は好みに応じて、戦国武将ものを、剣客ものを、料理人ものを、捕物を、お家騒動ものを、妖怪ものなどをえらび、わずかな意外さと驚きを不可欠のスパイスとしたそれぞれ定型の物語を心地よく滑走する。一気読みのおもしろさがうたい文句の時代小説はいま、月に数十冊のオーダーで刊行される文庫書き下ろし時代小説（ほとんどが延々つづくシリーズもの）として、空前のブームをむかえている。

それらが時代小説なら、あさのあつこの『東雲の途』は、時代小説ではない。

物語をつくりあげている登場人物一人ひとりの言葉と感情の一つひとつ、一挙手一投足のことごとくがずっしりと重く濃密。そんな行為と感情とをはげしく交叉させる物語は、一気読みを許さず、逆に、得難い反復読みの充実感をもたらしてくれる。

また、単一なものに閉じこめる分類も拒む。捕物タイプのミステリーであり、江戸をステージにしたホラーであり、ふつうの人の日々の生をとらえる市井ものであり、闇を奔る邪剣ものであり、生死をめぐる対話劇であり、感情と心理の生成追跡であり、人と人との関係の物語であり、人と社会のありかたを問う思想のドラマであり、また……。「全体小説」にならっていえば、「全体時代小説」か。

あさのあつこの時代小説は、ブームの一気読み時代小説から遠くはなれたところで炸裂する、時代小説の異端、怪物なのである。

ただし、型を破る異端や怪物の出現によって、ジャンルが幅と深さと未来を獲得するのだとしたら、あさのあつこの時代小説は、ブームのなかで時代小説が衰退するのをくいとめ、時代小説の未来にたしかなあかりをともす、まことに数少ない、創造的な時代小説といわねばならない。

藤沢周平『橋ものがたり』からはじまった

周知のとおり、あさのあつこは、現代児童文学の金字塔と讃えられる『バッテリー』（一九九六年〜二〇〇五年、全六冊）の作者である。最初に単行本、ついで文庫版が刊行され、延べで一〇〇〇万部を超える大ベストセラーとなった『バッテリー』こそ、部数での怪物となる前に、児童文学の創造的な異端であり怪物であった。

あさのあつこは書いている。「自分を信じ、結果のすべてを引き受ける。そういう生き方しかできない少年をこの手で、書ききってみたかった。そういう少年を学校体育という場に放り込んでみたかった。大人やチームメイトや仲間やかけがえのない相手によって変化し生き延びるのではなく、周りと抗いそれを変化させ、押し付けられた定型の枠を食い破って生きる不羈の魂を一つ、書きたかったのだ。（中略）彼は、他者の押し付ける物語を拒否する。友情の物語、成長の物語、闘争の物語、あらゆる予定調和の物語を拒んで、マウンドという場所に立つ」（角川文庫版『バッテリー』の「あとがきにかえて」）。

「書きたい」欲求をあらわにするこの作者にして、「投げたい」と「受けたい」とが他のすべてを退けて交わる、ピッチャー原田巧とキャッチャー永倉豪の稀有なバッテリーが可能になった。時代と社会が強制する物語の「定型」を破砕した『バッテリー』は、従来の予定調和型児童文学の「定型」に叛き書きあげられた児童文学の怪物といってよい。

こうした児童文学の怪物を書き継ぐ最中、すでに時代小説が作者のこころに宿っていたのは、はなはだ興味深い。エッセイ集『うふふな日々』の「疼きとともに」で書く。「児童文学の書き手として出発し、少年や少女に惹かれて、彼ら、彼女らの物語を書きながら、わたしの心のどこかは、お江戸の町を仰ぎ見ていた。五感がうずうずする。この風の感触、この土の匂い、この闇の深さ、この地虫の声はきっとお江戸に通じていると、何の根拠もないのに、百パーセント信じられた」

直接のきっかけは、藤沢周平の『橋ものがたり』を読んだことだった。そして、まもなく、最初の時代小説を書きあげた。『弥勒の月』（の原型）である。

わたしのみるところ、藤沢周平の作品から時代小説に入ったあさのあつこは、たちまち藤沢周平の「定型」をも食い破ってしまう。『橋ものがたり』は、人の暗黒面を「負のロマン」と名づけてえがいてきた藤沢周平が、「橋」で切れてつながる人の生を連作形式でとらえ、不幸な生がにぶくかがやく独特な市井ものの型を確立した作品だった。あさのあつこの関心は、『橋ものがたり』を入り口にして、「負のロマン」へと錐をもむように遡行。さらには藤沢周平の端正なロマンにもとどまれずさらにすすみ、あらゆるものの「きわみ」にはげしく執拗にこだわった山本周五郎世界に近いところで、特異な物語世界を発見したように思われる。しばしば藤沢周平は淡彩のチェーホフに、山本周五郎はどぎついまでに濃彩のドストエフスキーにかさねられる。これに従えば、あさのあつこはあきらかに、チェーホフではなくドストエフスキーである。

ともあれ、型破りの児童文学を書いたあさのあつこが、ほぼ連続して、破格の時代小説を書きだしたことになる。

裏切られる快楽

『弥勒の月』からはじまった「弥勒」シリーズは、『夜叉桜《やしゃざくら》』（二〇〇七年）、『木練柿《こねりがき》』（二〇〇九年）、本書『東雲の途』（二〇一二年）、『冬天《とうてん》の昴《すばる》』（二〇一四年）と、現在までのところ五冊を数える。ただし、どの作品にも「弥勒」シリーズという言葉はない。シリーズであることをはっきりと掲げ従来の読者を囲い込むおなじみの手法をとっていない。五冊はゆるやかにつながりながら、一冊一冊独立した作品であることを、作者は意識しているのだろう。

あさのあつこは、最初からはっきりとしたプランをたて、その型をはみでぬよう慎重に書きすすめるといった抑制型の作家ではない。むしろ、最初のプランが次つぎに裏切られ、新たなものが出来《しゅったい》するのを待ち望み、それを快楽とする作家である。一冊一冊がそうである前に、一場面一場面、一語一語が作者にとってそうにちがいない。

そうしたスリリングな営みが登場人物を生成させるのだとしたら、最初から役割がきまった「キャラクター」は成りたちようがない。遠野屋清之介、小暮信次郎、伊佐治は、はげしく衝突することで変化、自己が他者であり他者が自己である深刻な内面的対話をくぐり、新たなステージで衝突、共感、変容をくりかえすのだ。こうしたありかたは、児童文学以上に「生きた人間の息吹と熱のある時代小説」(「疼きとともに」)である「弥勒」シリーズ、とりわけ『東雲の途』に顕著といってよい。

西国の小藩嵯波で政治改革を暴力的におしすすめようとした用人宮原中左衛門忠邦は、三男の清弥(後の清之介)にはやくから白刃を握らせた。闇に慣れ身体を鍛え技を磨いた清弥は、十五歳のとき父の命ずるままに、母代りの使用人すげを斬った。それをきっかけに、次つぎと暗殺を決行。が、兄の主馬を斬るのを命じられた清弥は、実行を迫り襲いかかる父を斬り、「もう一度、最初から人として生き直せ」という主馬の言葉に従い藩を出奔、江戸にでた。

江戸で清弥を生へとみちびいたのは、遠野屋の娘おりんである。清弥にとっておりんは「弥勒」そのものだった。おりんと結ばれた清弥は清之介と名を換えた。そんな弥勒の謎の死からはじまる『弥勒の月』に、人嫌いで異様な事件だけが生きがいの小暮信次郎が意図された乱暴な振る舞いと大声で乱入、老練で沈着だが、ときにいちじるしく脱線もする岡っ引きの伊佐治がかかわり、かくしてシリーズは幕をあげたのだった。

『東雲の途』では、ずっと記憶のなかの影絵だった兄が実際に登場、清弥に国元で権勢をふるう筆頭家老の暗殺を清弥に命じる。信次郎、伊佐治、清之介のつかず離れずのやりとりを経て、秘策をいだいた清之介は伊佐治と嵯波藩へとおもむく――。

殺すことから生かすことへ。

垂直的な侍の世から水平的な庶民の世へ。

権謀術数の政治から、生活をゆたかにする日々の営みへ。

変わらぬとする絶望から、変えられる、じぶんが変えるという希望へ。

清弥から清之介への転換は、信次郎、伊佐治との共感をばねに、ここでシリーズの思想を鮮明にした。

「今度は、公儀にでも戦を仕掛けるかい」との信次郎のうながしに、「それもようございますな」と清之介がうけ、伊佐治は「おもしれえ」と思う――。

『東雲の途』の「小説宝石」連載は、二〇一一年三月号から、十二月号まで。思想の加速度的な鮮明化は、三・一一原発震災後の政治の混乱、退廃への、あさのあつこのつよい対峙の思いがこめられていたのではあるまいか。

㉑日々のたたかいは次つぎに引き継がれる

帚木蓬生　Hahakigi Hosei　『天に星 地に花』　集英社文庫（全二巻）

人びとに顕現する歴史のうねり

二六年前の記憶が、今、あざやかによみがえる。

あの天地を揺るがすような光景は、子供心にも忘れようにも、忘れられない。あのとき、父親に連れられて筑後川まで歩き、神代の渡しで船に乗った。心地良い風が吹く土手に上がり、眼にしたのは、田畑の間をぬう道という道に集まった百姓たちの姿だった。菅笠《すげがさ》をかぶり、手には鎌や鍬を持ち、ある者は丸太を担いでいる。

「甚八に庄十、この有様をようく目に焼きつけとけ。これが百姓の力ぞ。百姓が集まれば、山をも動かすし、筑後川だって堰き止められる」

父の孫市が言った。

庄十郎がいて、兄の甚八がいて、父で大庄屋の孫市がいて、そして眼前には、今まで見たことのない無数の百姓たちの列が、山を動かし大河を堰きとめる勢いで、いな、その列じたい巨大な山なみであり滔々と流れる大河のように顕現している。

二六年前の宝暦四（一七五四）年、一〇歳の少年の庄十郎が目撃したのは、突然下った年貢の増徴と夫役に抗したちあがった社会の圧倒的多数をしめる人びとがつくりだす、まさしく歴史のうねりである。

無数の足音、もうもうとたちのぼる土埃。

間断なくつづく「よっしゃ、よっしゃ」の声――。

物語最大のクライマックスが、はやくも冒頭近くにあらわれる。

帚木蓬生の『天に星　地に花』は、久留米藩領井上村に生まれた庄十郎が、少年時代に見てはげしく魂をゆさぶられた歴史のうねりへ、疱瘡（天然痘）からの奇蹟の生還を機に、民の病苦を救い病を癒す医師として加わろうとする物語だ。

百姓をめぐる新鮮な再定義

かつて小嵐九八郎が、歴史時代小説では支配権力とその暴力については、現代小説以上に凝縮して暴きだせる、と述べていたのを思いだす。十分かつ的確にであるか否かは問わぬなら、たしかに戦国ものを中心に歴史時代小説にはそうした権力の横暴さはえがかれている。

ならば、同時に、支配権力とその暴力に対抗した圧倒的多数者の姿が、人びとの日々の営みとともにとらえられてもよいのではないか。しかし従来の歴史時代小説にそれはきわめて稀で、大流行の書き下ろし時代小説文庫作品にいたってはほぼ皆無である。

近世における圧倒的多数者は「百姓」である。近年、網野善彦によってこの身分名が農民だけでなく、商人や職人、漁師等も含んでいたことが明らかにされたが、農民が社会の圧倒的多数者であることとは変わらない。

百姓たちの生活と行動を具体的にほりおこし、次つぎに成果を発表しつづけてきた歴史学者の渡辺尚志は、『百姓の主張　訴訟と和解の江戸時代』（二〇〇九年）でこう述べる。現代人がいだく百姓像は、「武士に支配されてモノも言えず、年貢の重圧に押しつぶされ、食うや食わずの生活に苦しんだ人、あるいは質朴ではあるが学問・教養とは無縁で、悪代官と結託した御用商人に手もなくだまされて悲嘆に暮れる存在といったネガティブで型にはまったもの」ではないか。武士の支配した時代だったのは事実としても、「百姓たちは生活の向上と村の仕組みの改善をめざして、ときには武士に対しても臆することなく自己主張していた」。「百姓たちのたゆまぬたたかいによって江戸時代の社会は変化し、（中略）歴史の歯車は、自己主張し、たたかう百姓たちによって回されました」。

これは階級闘争史観の否定ではない。むしろ、そのやみくもな否定によって歴史の動因を見定める重要なきっかけを失って久しい思想の現在に刺しこまれた、新鮮な再定義といえよう。

『天に星　地に花』には「天に星　地に花　人に慈愛」を胸に成長する庄十郎の視点から、ときに巨大なうねりとなって噴出する百姓たちの日々のたたかいが、豊かな田園風景、延々と反復される農作業、祭りや雨乞などの習俗等をとおして丹念にえがかれている。

誰がこの社会の主人公なのか

それだけではない。

歴史のうねりは、悪政をつづける支配権力内部にもまた確実にとどいていた。かつての一揆のおり藩主に百姓救済を諫言し、蟄居《ちっきょ》を命じられた若き家老稲次印旛は、疱瘡の治療に師の小林鎮水と訪れた庄十郎に語る。

「武士はつまらん。なるものじゃなか」（中略）

「わしは家老の家に生まれて、一度たりとも良か思いはしたこつはなか。生まれてきたのを悔いる一生じゃった」

「そげなこつは、ございません。八年前の大騒動ば、よくぞ鎮められました。百姓たちはこぞって感謝しとりますけん」

「いや、あれも、やりそこなった。百姓たちば救えんじゃった。百姓たちば欺いて黙らせせただけのこつ」

「そげなこつはなかです。稲次様のおかげで、百姓たちは、ひと息つけました。稲次様がおられなければ、城下は火の海になっとったと思います」

庄十郎は、子供心にも恐怖を覚えた光景を想起する。

「いっそ火の海になっとったほうが、よかったかもしれん」

目を見開いて言う。「町家も武家屋敷も、お城も、みんな焼けとったほうが、よかったかもしれん」（中略）

「武士や商人の家が焼け落ちても、在方の百姓たちの家は残る。田畑も残る。それで、この久留米領が潰れるこつはなか。百姓たちは生き残る。なんちゅうこつはなか」

いったい誰がこの社会の主人公で、誰は主人公でないかを、死に直面しながらなお自己否定的に述べた言葉である。

葉室麟の直木賞受賞作で最近映画化もされた『蜩《ちょう》ノ記』が、百姓の一揆を物語の背景にしながら農民から遠ざかり、あくまでも「武士《もののふ》の心」を称揚しつづけるのとは真逆といってよい。

遠い過去から現代をてらし、未来へふみだす勇気をもたらす

庄十郎が百姓たちの一揆を目の当たりにしてから二六年後、ふたたび、村には不穏な空気が流れていた。

米は不作続きで、百姓たちは食の貧しさからくる病苦をかかえこみ、妊婦の死産があいつぐ。おりしも際限なく銀札を発行し利益を得るのに味をしめた公儀は、藩内のすべての者に人別銀を課そうと画策していた。稲次印旛亡き今、諫言する重臣はいない。

人別銀の噂を聞いた村々では、二六年前の一揆の再現のごとく百姓たちがたちあがり、恐れをなした公儀はすぐに人別銀の実施をひっこめたが、たんに退いたのではない。後日、百姓の主だったものを裁き、死罪にしようとする。

権力の狡知である。大庄屋たちも籤《くじ》引きで五人が選ばれ打ち首となり、その中には庄十郎の兄、高松八郎兵衛（甚七）もいた。

寺の住職円信は、庄十郎に語る。「今回の騒動と仕置きの件は、子から孫、孫からひい孫というように、代々受け継がれていきます。公儀が再び下手なこつばすれば、それこそ枯野の火はつけるごつ、反乱ば起こすでっしょ。ですけん、公儀も下手な真似はできんはずです。（中略）その意味では、このたび何十人かが罪ば背負わされて命ば落としたとは、無駄にはなりまっせん」。

社会の圧倒的多数者の生活に終わりがないように、そのたたかいも次つぎに引き継がれる。済世救苦を戒めに庄十郎のたたかいが、その後もながくつづいたのはいうまでもない。

すぐれた歴史時代小説は、遠い過去から現代を照らし、わたしたちに未来へとふみだす勇気をもたらす――そのみごとな達成がここにはある。

㉒「変化」は点から線へ、そして面へ

飯嶋和一 Iijima Kazuichi『狗賓童子の島《ぐひんどうじのしま》』小学館

暗黒世界に赤い閃光をはなつ

飯嶋和一の歴史小説のはじまりは、いつも重く暗い。六年ぶりの書き下ろし長篇作品『狗賓童子の島』の幕開けは、いっそう重苦しく、さらに暗鬱である。

水平線から現れ出てくる帆影さえも、何の希望も、喜びすら、もたらすことはなかった。都の歴史は、千年もの月日のところどころにその島の名らしきものを刻んではいたが、それらはすべて負の遺産ばかりだった。都で何が起ころうとこの島では何一つ変化はなく、永遠に孤立したままときの海のはるか奥に置き忘れられていくように思えた。

歴史小説が内にひめる時間の堆積を重苦しさととらえ、いかなる希望も喜びからも遠ざけられた暗黒世界を端的にうかびあがらせたうえで、反転を赤い閃光のようにさしこむ――「あの陰暦五月の終わり、東風が波しぶきと雨とを混ぜ入れ下から吹き上げてくる日に、数え十五歳の痩せて小柄な少年がやって来るまでは」。重苦しく暗鬱な世界に、ひとりの小さな少年の姿で「変化」がもちこまれるのだ。

大塩平八郎の乱

その島とは出雲から海上二〇里、内地の人びとが沖のどこかにあるかのように「おきのしま」とよぶ隠岐諸島である。大小一八〇余からなる島々のうち人が住むのは、島前《とうぜん》とよばれる三島と、島後《とうご》の四島のみ。もっとも大きな島後島には、もっとも多くの人が住んでいた。

大飢饉にみまわれ米価も暴騰、各地で一揆や打ち壊しが頻発して、いよいよ幕藩体制はたちゆかぬことがはっきりするものの、しかし誰もまだその先をしかとは予測できない時代であった。

弘化三（一八四六）年陰暦五月二八日の朝、島後島西郷港に、六名の流人が着いた。そのなかに小柄で痩せた一五歳の少年、西村常太郎はいた。

常太郎の父は、九年前に大坂で蜂起し敗れた大塩平八郎の四高弟のひとり、河内の大庄屋、西村履三郎である。履三郎が死んだのは二五歳で、そのとき常太郎は六歳だった。

村の庄屋黒坂弥左衛門は、島民の温かい出迎えをいぶかる常太郎に言う。「河内随一と言われた大庄屋だったお父上が、大塩平八郎先生とともに、なぜ何もかも捨てて挙兵されたか。それを島の者たちはよく知っています。（中略）誰のためにお父上は蜂起に身を投じたのか？　出鱈目な幕政の結果、困窮し飢餓に瀕している民のためだ。お父上は、民のためにすべてを捨てて戦ってくれた。この島の民も同じく困窮している。お父上は、自分たちのために戦ってくれた、言ってみれば恩人なのですよ」。

島後島には古来、島民の危機にはかならずあらわれて島民を救う「狗賓童子」の伝説があった。この日、このとき、島民にとって西村常太郎は、島外からあらわれたもうひとりの狗賓童子であったにちがいない。

変化とは、きらびやかな点の孤立ではない

幕末維新期の隠岐島ときいてすぐさま思いうかぶのは、「隠岐騒動」である。

一八七一年のパリ・コミューンの三年前、世界で初めて無血で自治政府を創出した島民の、八一日間の先駆的な試みは、松本健一の『隠岐島コミューン伝説』（一九九四年）に詳しい。また近年では、

作家松本侑子によって、自治政府の樹立と壊滅、夢と挫折をめぐる長篇『神と語って夢ならず』（二〇一三年）が書かれたが、雑誌連載では本作品がはるかに先行する。

わたしが注目したいのは、本作品が松本健一の著作とも松本侑子の作品ともまったく趣きを異にする点である。

飯嶋和一はあるインタビューで、構想、執筆の動機が、大塩平八郎の乱へのかねてからのこだわりにあったことを明かしている。「幕府にとってこの事件は脅威だった訳です。『たった半日で鎮圧された』で終わりという話じゃない。それまで満足に言えなかった幕政批判というものが、これ以後もろに出来る状況になった訳で、その辺も含めて全体で何か語れればという思いがありました」（「新刊ニュース」二〇一五年三月号）。本作品にも、天保八（一八三七）年二月の大塩平八郎の乱がえがかれている。しかしそれは最初から二番目の章でわずかにふれられるにとどまり、しかも、取り締まる側の与力や、賛同者の商人の目をとおしてなのである。

作者の大塩平八郎の乱へのこだわりとは、大塩平八郎の人と思想へと純化されるのでも、また、蜂起そのものへと集中されるのでもない。

この波乱の時代をステージにして、大塩平八郎らの捨て身できりひらいた体制批判が、同時代の人びとに、さまざまな受けとめのもと、つぎつぎに手わたされていく。

流人の島隠岐島にもとどくそのおどろくべき拡がりにこそ、作者のつよい関心はあったはずである。

それだけではない。

手わたされ、引きつがれて実現するひとつひとつの出来事においても、そこにゆたかな可能性とともに限界もみて、引きつぐ人びとがその限界をどうのりこえていったかもたしかめようとする。大塩平八郎の乱も、隠岐コミューン創出も、物語において特別に焦点化されないのはそれゆえにちがいない。作者にとって歴史とは、変化とは、きらびやかな点の孤立ではなく、日々刻々ゆっくりと伸び続ける線であり、日々刻々拡がり続ける面なのだ。

父のできなかったことを実現する

蜂起に加わり命をすてた西村履三郎の息子、西村常太郎を物語の主人公にしたのは、父の思いを理解し、ひきつぐと同時に、父のできなかったことを常太郎が実現するのをえがくためであろう。

物語がその大半を費やして延々とつみあげていくのは、島の医師から医術を学んだ常太郎が、従来の病だけでなく、海外から間断なく流入する疫病と精魂込めてたたかい、一人ひとりのかけがえのない命を救う日々の活動である。

「お父上がなすったことは、こんな離島の、わたしどものような庄屋の家にとってさえ規範となっています。ここ島後でさえも、結局何も変わりはしないと諦めていた人々が、少しずつ変わり始めています」。履三郎らの蜂起を高く評価し、後にコミューンで中心をになう同世代の井上鵞介《しゅうすけ》に、常太郎は言う。「……大塩先生と父たちの挙兵によって大坂市中の五分の一が消失し、二万軒もの家が灰となった。死傷者は二百余人にのぼるとか。……ひどい話です。それはわたしも、この夏に肥前五島の福江島に流された弟も、背負っていかなくてはならない。そのことからは逃げるわけにはいかない。そう思っています」。

若き医師常太郎の日々の活動は、父たちの蜂起の必然性を認めるがゆえの、その限界をみずから引きうけ、打ち破る行為にほかならない。

父たちの島民にもたらしたものが「変化」なら、常太郎の日々の行為もまた、病という苦難と向きあいのりこえる勇気を島民にもたらす。島民三千名が結集し、無策でいて横暴な松江藩の支配をはねのけ、無血で創出した自治政府こそ、島民たち一人ひとりがもちよった「変化」への希求の結実だった。自治政府の無惨な壊滅と、新しい時代がきても権力の無策、詭計、横暴は変わらぬことを執拗に告げる物語の結末はけっして明るくない。

赦免がきまり島を離れる常太郎に、親しい島民たちから布包みが手わたされた。

船の上で布包みを解くと狗賓童子の面があらわれる——抵抗と救抜の象徴もまた点にとどまらず、人びとの日々の行為によって線として伸び、面として拡がり、終わることはないのだ。

V 「なかま」たちの饗宴

㉓ よしよし、正造がきっと敵討《かたきうち》してあげますぞ

城山三郎 Shiroyama Saburo 『辛酸』 角川文庫

奇跡のように解放的な炸裂のイメージ

ときに小説は、奇跡のように解放的な炸裂のイメージを光臨させる。映像でも音でもない、ただ言葉によってのみ可能となる、はげしく、緊迫した、きらめくそれを。観念のなかの超越をこばみ、あくまでも歴史を生きる人間にふみとどまりつつ、しかも、あらたな「人間」への跳躍を賭した解放的な炸裂を――。

宗三郎は堤を走り下りた。その宗三郎に、右から左から声をかけて、さらに縁故民たちが駈けつ

けてくる。川を渡り、枯柳の下を、敏捷に背をまるめて走り抜けて行く、鎌が光り、竹槍の切っ先が朝陽に鈍く映える。

宗三郎は、縁故民の半円を背に、その十間ほど先に立った。鎌の音は少しずつ厚みを増し、静かに背を押して進んで来る。その音に、宗三郎は、勇蔵の手、義市の手、宗吉の手、千弥の手、知る限りの数多い手の動きを感じた。永い思い怒りに木瘤のように盛り上がった手が、いま、真っ直ぐその対象に向かって突き進んで行く。話し声ひとつしない。さわさわさわ。鎌の音が魂の音であった。十年いや十七年の辛酸も、ただこのためにのみあったかと思われるような張りつめた静かな音。さわさわさわさわ。正造、母、千弥の妻、栄五郎……二十を越す死者たち、無数の鉱毒の亡者たちが息をつめてささやき合う声にも聞こえる。（中略）

さわさわさわ。そこには、憎しみ以上に張りつめた力の均衡があった。（城山三郎『辛酸　田中正造と足尾鉱毒事件』の「第二部　騒動」）

むごたらしくも、うつくしい、静かでいてはげしい、解放的炸裂の瞬間である。

勝ち目などないからこそ、たちあがる

足尾銅山鉱毒反対運動の顕在化した一八九〇年から二十七年、鉱毒被害隠蔽のための貯水池計画に反対して谷中村事件が起こって十七年。谷中村に住み込み残留民とともに闘った田中正造が逝って八年、最後まで留まった者たちが村を出て四年がたっていた。

谷中村の最終的な消滅をめざす権力側の居丈高な攻勢がはじまろうとした瞬間——周囲に分散していた縁故民たちが、ついにたちあがる。

勝ち目のない闘いにもかかわらず、ではない。

強大な権力を前に、いままで勝ち目などなかったし、これからもまずないだろう。

勝ち目などないからこそ、たちあがる。

たちあがって、勝ち目のないからたちあがらないという諦めを断ち、思いをつぎの人びとにつなぐ。くりかえす。勝ち目がついになくなったとき、たちあがらねばならぬことがある。権力はきっと、狂気の沙汰と一笑に付したのち、じわじとその「狂気」に怯えはじめるだろう。

田中正造と行動をともにし、いまは裁判闘争の中心となっている宗三郎は、信じがたく解放的な光景をまのあたりにし、これまでの辛酸と苦闘の音であるとともに、それを未来につなぐ音、「さわさわ」という音をくりかえし聞く。

田中正造は鉱毒の犠牲者に会うたびに、「よしよし、正造がきっと敵討してあげますぞ」とやさしい声で言った。宗三郎はその言葉とその声が好きだった。

「さわさわ」という音のなかに、田中正造から多くの人びとにバトンタッチされた、「よしよし、きっと敵討してあげますぞ」という無数の声を、宗三郎は聞いたにちがいない。

権威とか権力的なものはもうこりごりだ

二〇〇七年三月二二日早朝、城山三郎が死んだ。

城山三郎は、一九二七年生まれ。同年生まれの作家には吉村昭、結城昌治、藤沢周平（いずれも故人）がいて、この四人は生前、親しい間柄であった。

吉村昭の歴史小説、結城昌治のハードボイルド、藤沢周平の時代小説、そして城山三郎の経済小説と、それぞれ活躍の主要舞台は異なるにせよ、権威嫌い、権力嫌い、組織嫌いは共通しており、それが四人をむすびつけていたのだろう。

城山三郎は、死んだ藤沢周平について吉村昭と語りあった「語りつぐべきもの」のなかで、こう言う。「われわれの世代には、権威とか権力的なものはもうこりごりという気持ちがあるでしょう。藤沢さんにも、そういう部分がありましたね。あんなおとなしい人だけど、あの人の随筆読んでいたら、岩手県の宮沢賢治記念館に触れたくだりがありましてね。とにかくこの上のものは望めないぐらい整った施設だと。しかしかすかに権威主義が臭うような気がする、と書いてあるんですね。（中略）わかるような気がします。／こういう一種の敏感さというのは、普通の人は感じないことだろうけど、権威や権力にいやになるほどふれた人間だと、臭ってくるんですねえ」

誰の目にもあきらかな権威的集団や、権力組織はもとより、一見してそれらとほどとおいもののうちにも、権威と権力をみいださないわけにはいかない。

しかも「臭い」。ほとんど生理的な嫌悪にまで浸透してしまった権威と権力嫌いである。

これは、城山三郎の世代に、生理的なレベルで暴力的にさしこまれた「軍隊」体験からくる。「まったく、ひどい組織だった」、「海軍で体験したことは、すべてがショックだった」という言葉は、「大義」をかたく信じ海軍に少年兵として志願した城山三郎の言葉ゆえに、かぎりなく重い。

田中正造から無数の人びとに手渡された

城山三郎の死に接して、あらためて思うのは、初期から晩年にいたる作風の変化を、ここ十年あまりの時代が猛スピードで逆にたどりはじめた、ということである。

高度経済成長期前夜にあいついでえがかれた「輸出」、「ある倒産」、「絶叫の街」、「総会屋錦城」などの短篇は、いま、おどろくほどわたしたちの近くにある。

軍隊と戦争という怪物と格闘した城山三郎が、あらたに出現した「経済」なる怪物と悪闘し、傷つき破滅してゆく人びとを、共感をこめてえがいた短篇作品群。それらは、高度経済成長の進展とともに、人びとが着実に成功の階段をのぼっていくのをつづった堂々たる長篇作品、たとえば、『官僚たちの夏』や『男たちの好日』、『毎日が日曜日』や『勇者は語らず』などの作品にくらべ、はるかにわたしたちの時代の「リアル」に近い。

「新たな戦争」と「新たな経済」という怪物の跋扈し跳梁する、この時代の「リアル」である。

そしてもうひとつ。城山三郎の死に接してわたしが思うのは、戦中と戦後におけるみずからの苦闘をはげしく執拗な筆致で塗りこめた『大義の末』がたしかに代表作のひとつだとして、それにならぶ傑作は『辛酸』ではないかということである。ともに決定的な「蹉跌」「敗北」を深く、さらに深くくぐりぬけて生きることの希求ゆえに――。

「辛酸」という言葉は、田中正造が書いた「辛酸入佳境」（辛酸、佳境に入る）からくる。（「辛酸入佳境」＝何事もすべてを打ち込んで事にあたれば、苦労もかえってよろこびになる）

闘う田中正造に親しんだ、闘う作家木下尚江は、「大野人」のなかで、記している。「政党を捨て、議会を捨て、政治を捨て、世間からも、故旧からも、同志からも一切忘られて、孤身単影、谷中の水村へ沈んだ時が、翁の生涯に於ける新飛躍であった。四十年の夏。谷中村の残戸十幾戸が、愈々公権に依て破壊されて了った時、或人が扇子を出して、何か書いて下さいと云うと、翁は筆を持って打ち案じて居られたが、忽ち腕が動いたと見ると、雪白の扇面に『辛酸入佳境』と行書の五文字、さながら龍の行くが如くに躍り出でた。見て居た連中、何れもうまい〳〵と只管にその筆鋒を讃めたゝえた。讃められて翁は、長髪の波打つ頭を両手に叩いて、大口を開いて『ハ、、、』と笑われた。予は覚えず涙を呑んだ。／『辛酸入佳境』／翁の生涯は実に此の五文字に描き尽くされて居る」。

老いてなお吼える田中正造の最後の闘いからはじまる作品『辛酸』は、しかし、悪政の限りをつくす権力の暴虐をえがくのみで、闘う者たちに「入佳境」（佳境に入る）を許さない。田中正造から人びとに苛酷すぎる「辛酸」がひきつがれもはやどのような佳境（解放）も不可能にみえたとき、「さわさわ」という鎌と竹槍の音とともに、人びとのやむにやまれぬ炸裂の瞬間はあらわれでる。

まさしく「辛酸入佳境」の瞬間だが、田中正造の常々口にし人びとが継いだ気《き》宇《う》壮大《そうだい》な「敵討」の発露だとすれば、「辛酸入佳境」は、「よしよし、正造がきっと敵討してあげますぞ」と言い続けた正造の奮闘と、人びとの反応のうちにたえず顕現していたのではないか。

時代小説でおなじみの「敵討」美談には、ほとんどの場合わたしは関心をもてないが、田中正造から無数の人びとに手渡された「敵討」という意志には無関心ではいられない。城山三郎が「大義の末」にみいだしたのもそれなら、わたしのなかにもまたそれとひびきあう思いが、たしかにあるからである。

㉔ 一緒になればやれないことはない

三好十郎 Miyoshi Juro

『斬られの仙太』 新泉社

斬り斬られ暗い闇に落ちた

「俺にゃチャンとわかっていら」と、すっかり老いた百姓「斬られの仙太」は、確信にみちた口調で、自由党の壮士から加勢を強要された村人に語る。かつて天狗党に加勢した若き日の仙太に語りかけるように。

のう、政府が何とかしてくれようと思うているのも馬鹿なりゃ、反対党がよいようにしてくれると考えているのも阿呆だぞ。そら、その筈だが。政府にしても反対党にしても、金持出やオヤさま出の人ばかりだ。しょせん金や地主さんのためを思うてすることじゃ。（中略）俺のこの身内の斬り疵が、そう言って教えてくれらよ。うん。ウヌらのことを、つれえ、悲しい、苦しいと思うたらば、自分のことは自分の手でやらねえじゃ、人だよりでは、あんにも、ほんとのことあできはしねえぞ！　いぐら、こんなしがねえドン百姓でも一人々々じゃタカあ知れているが、十人、二十人、百人、千人と一緒になれば、ああに、やってやれねえことあねえて！（「10　真壁在水田」）

三好十郎の戯曲『天狗外伝　斬られの仙太』（ナウカ社　一九三四）の最終場、第十場「真壁在水田」のさらにラストちかくでの、仙太の言葉である。

引用は、高校生のわたしがバリケードのなかで読み、つい先ほど引いたかと思えるほど赤いボールペンの傍線がなまなましい『斬られの仙太』（新泉社　一九六九）。ひさしぶりに読み返しながら、わたしは、この仙太の言葉に、かさねて青色のマーカーをひいた。

百姓として日々斬られつづけた仙太が、博徒から天狗党へと斬るがわにまわり、斬り斬り斬り、それゆえに斬られ、斬られ、斬られ、斬られてついに暗い暗い闇に落ちた——そのはるか後、奇跡のごとく出現する仙太の言葉に、新たな「戦争と貧困」の時代を生きるわたしたちが、どうして無関心でいられようか。

三好十郎再興は『斬られの仙太』から

二〇〇八年は、三好十郎（一九〇二〜一九五八）の没後五十年にあたり、早稲田大学演劇博物館主催の「没後五十年　三好十郎記念展」が開かれ、自画像、自筆原稿からはじまって、おびただしい数の上演ポスター、舞台写真、テレビやラジオの番組台本等が展示された。また、同館での演劇講座「三好十郎再興」では、映画『彦六大いに笑う』（一九三六）の上映の後、シンポジウムが開催された。

記念展で配布されたチラシには、一九五八年から二〇〇六年までの作品上演年譜が載っている。かかわりのあった劇団文化座、劇団民藝はもとより、さまざまな劇団が取り組んできたこと、とくに二〇〇〇年をすぎてからは、栗山民也演出での上演や、新鋭長塚圭史の阿佐ヶ谷スパイダースによる上演などが目立ち、三好十郎への関心はひろい層でたかまりをみせているのがわかる。

上演作品ではゴッホの評伝劇『炎の人』がもっとも多いが、それに比して『斬られの仙太』は少ない。村山知義ら、解体期ゆえに革命党を絶対視する人びとからの非難にさらされた一九三四年の中央劇場第一回公演、第十場の切捨てが論争をひきおこした一九六八年の劇団民藝公演、一九八八年と一九九〇年の劇団文化座公演にとどまる。

しかし、いま三好十郎再興があるならまず『斬られの仙太』ではないか。

ついに潰えぬ解放の夢そのものとして

『斬られの仙太』は、右手遠くに筑波山のみえる「1　下妻街道追分土手上」で幕があく。

真壁村の若い百姓仙太が、仲間と強訴を計画した咎《とが》で御仕置をうける兄仙右衛門を救おうと、朋輩の段六とともに、道行く人びとに連判を嘆願し土下座をしている。

しかし、肝心の百姓たちは後のタタリを恐れて、遠巻きにするだけ。叩きがはじまり呻き声がたかまるなか、三人の男が通りかかる。

仙太の訴えに耳を傾けた水戸浪士加多源次郎は奉書になにごとか記し、博徒利根の甚伍左は仙太に一両をあたえた。

うれし涙をこぼす仙太だったが、奉書に「水戸、天狗組一同」と書かれてあるのを知って、驚愕する。

四年の後。

「2　陸前浜街道、取手宿はずれ」で、エジャナイカの声を背景に、博徒となった仙太があらわれる。兄の田地をとりもどすための二十両をバクチで蓄え、村に帰る途中だった。

ムシロ旗を掲げ江戸に向う百姓たちのなかに、身寄りのない子どもの世話をしているお妙がいるのを知った仙太は、兄に与えるはずの二十両を渡し、兄一人を助けることにやっきになっていた了見がばかばかしい、みんなのために使ってくれ、と言う。

ここで仙太は、一人の怒れる元百姓の博徒から、多くの百姓の解放の夢がたばねられた存在へと転生する。

『斬られの仙太』がなぜあえて「大衆読物風」でなければならないかの秘密をとく鍵が、ここにはあるだろう。

仙太の意義が定められてからは、物語の展開はじつに速い。

仙太が天狗党の人びとに再会し、加多から「個人の力をため……結束すべき」と聞く「3　十三塚峠近くの台地」から、天狗党の挙兵に加わり、士《さむらい》たちの「内輪喧嘩」に疑いを深くしながらも解放を夢み、命じられるままに得意の腕を敵味方に振るって、兄を斬り、水戸浪士を斬り、止める甚伍左にまで斬りかかったとき、仙太にはもはや「9　越前、木芽峠」の「斬られ」しか残されていなかった。

「士のみの義挙」にしようと、壊滅を覚悟した士たちは、仙太らを抹殺しようとする。

「畜生っ！　ひ、ひ、人をだましやがって！　き、貴様それでも男かっ！　それでも士かっ！　い、いいや、そ、それが士だ！　だましたな！　だましたな！　犬畜生っ！」からはじまる、仙太の長い長い絶叫は、百姓を救わぬ指導者への呪詛《じゅそ》だけではけっしてない。

疑問を感じつつも非難しきれなかったおのれへの呪詛であり、なによりもまず、仙太をここまで運んできた救われぬ百姓たちの解放の夢が、仙太の死にむけてはなつ呪詛であったにちがいない。

ずたずたに斬られ、崖から落ちるが、「落ちながら呪いののしる叫び――」をあげつづける仙太は、仙太にして仙太でない、ついに潰えぬ解放の夢そのものである。

絶望をくぐりぬけた希望

仙太は死んでも、解放の夢は死なず。

救われぬ厖大《ぼうだい》な百姓たちは生きつづけねばならない。

だから、「9　越前、木芽峠」の「斬られ」の悲劇で物語は終わらない。終われば、せっかく人びとの解放の夢と化した仙太を、ヒロイックにさえ思える一人だけの悲劇におしこめてしまうだろう。

雪の木芽峠の場面から、物語は一転、「明治十七年八月末の晴れた日の午さがり」（ト書き）ではじまる「10　真壁在水田」の舞台がごくあたりまえのように幕をあげる。

「広々とした一面の水田で、早稲はすでに七分通り成長して」、「明るいままに静か」な光景だが、それは明治維新によって百姓の解放の夢が実現したからではない。

村では、自由党の壮士が百姓に加勢をせまり、自由党を弾圧しようと刑事と巡査が、威張り散らす大地主と組んで走りまわる。

幕末とほとんどかわらない、むしろ権力の網がいっそう頑丈で細かなものとなって、百姓たちを覆っている。
かえって解放の夢は遠のいたかにみえる。
にもかかわらず、明るいままに静かな光景がひろがるのは——死んだはずの「斬られの仙太」が生きて登場し、しかも朋輩の段六や女房となったお妙もおり、そして、仙太が幕末そして維新後の今をとおして、その苦難の体験をとおしてだけ、解放の夢をはっきりとえがけるようになっているからである。

ウヌらのことを、つれえ、悲しい、苦しいと思うたらば、自分のことは自分の手でやらねえじゃ、人だよりでは、あんにも、ほんとのことあできはしねえぞ！　いぐら、こんなしがねえドン百姓でも一人々々じゃタカあ知れているが、十人、二十人、百人、千人と一緒になれば、ああに、やってやれねえことあねえて！。（「10　真壁在水田」）

この言葉の直前、仙太に「昔から、下々の百姓町人、貧乏な人間は、うっちゃらかしてあった。御一新のときも忘れられておった。いまでもそうだ。……百姓町人、下々の貧乏人が自分で考えてしだすことでなけりゃ、貧乏人の役に立つもんでねえて」と呟かせているのをみれば、物語は、百姓にとどまらず、解放を夢みざるをえないすべての人びとに、呼びかけている。

時代が決定的に変わってもなおつづく圧制を「時代もの」ならではのスパンでとらえつつ、絶望をくぐりぬけた希望を語る『斬られの仙太』は、『蟹工船』にかさなりながらも、そこから既成の「党」への依存を断つ（従来のやり方から一歩踏み出す）、いまもっともリアルな物語のひとつである。

㉕水平線にきらめく「なかま」の光景へ

山本兼一 Yamamoto Kenichi

『銀の島』

朝日文庫

おどろきの転倒からはじまる

まず、おどろきの転倒がくる。

すぐれた歴史小説のもたらす快楽――たのしさとこわさが交叉してわたしたちをひきつけてやまぬ感情体験は、なんといっても、堅固な歴史的常識の転倒による。

『銀の島』は、「序章」ではやくも、おどろきの転倒が出来する。

「シャビエル神父ハ、ウソツキナレバ、夫ノコトバヲ信ズル可カラズ」。また、「シャビエル神父ハ、ポルトガル国王ジョアン二三世ノ細作トナリタルニ仍ツテ、多額ノ献金ト布教允許ヲ得タリ」。まことに物騒な言葉がつづく。「ウソツキ」と名指された「シャビエル神父」は、イエズス会宣教師フランシスコ・ザビエル。「細作《さいさく》」とは、しのびの者、密偵、間者を意味する。ザビエルと聞いて、わたしたちの多くは、歴史教科書でおなじみの、神への深い愛を示す赤い心臓をいだいたザビエルの肖像や、「聖者」、「聖人」、「偉人」などの最大級の賛辞、そしてザビエルの初来日の年を語呂合わせで覚える「イゴヨク（1549）ひろまるキリスト教」といった文句を思いだすだろう。ザビエルのそんなイメージに、「ウソツキ」「細作」といった汚い言葉が襲いかかる。しかも発するのは、ザビエルをジャポン（日本）に導いた者として名をのこすアンジロウ（弥次郎または安次郎）、洗礼名パウロ・デ・サンタ・フェなのである。

もちろん転倒は、歴史小説だけの専売特許ではない。現代小説にも常識の転倒はめずらしくない。文学の試みを「見慣れたものを見慣れないものにする」と規定する異化論からすれば、転倒なくして文学はありえないとさえいえよう。しかし歴史小説が転倒せんと格闘する常識は、遠い過去から現在にいたるまで長く、そして深くかつ広範に形成された常識である。わたしたちの内面の一部ともなった常識が揺さぶられ転倒するとき、わたしたちは突然梯子を外されたような不安を感じないわけにはいかない。と同時に、知らず知らずのうちに囚われていた常識からの解放感もまた。

『銀の島』は、「序章」のおどろきの転倒を「謎」としてひきうけ、大航海時代＝植民地経営競争時代にかさなった戦国騒乱の世を背景に、ザビエル、安次郎、そしてポルトガル軍人で石見銀山を狙う野心家のバラッタの、三つ巴の葛藤と無惨な帰結をミステリータッチでえがく。語り手「わたし」のいる「序章」「終章」が額縁となった物語の入れ子構造、緊密にむすびつく視点の転換と反復などの趣向により、視界は刻一刻、スリリングに変化する。

しかし、この物語の真のおどろきは、転倒の謎が解き明かされた先のさらに先、水平線上に一瞬のきらめきのごとくおとずれる「なかま」の光景なのだ——。

なぜ戦国時代と幕末か

山本兼一は、二〇一四年二月一三日、肺腺がんで死去した。五七歳だった。

大学卒業後、出版社勤務、フリーランスライターを経て、一九九八年に「小説NON」掲載の「信長を撃つ」（後に「ふたつ玉」）で時代小説デビュー、翌年の「弾正の鷹」が「小説NON」一五〇号記念短篇時代小説賞を受賞し注目された。

戦国歴史小説最大のヒーローである信長を撃つ。その一事に賭けた者たちの暗い情熱と奇策をえがく初期短篇は、戦国ものの常識を揺さぶった。この斬新な傾向は、信長、秀吉、家康に仕えた鷹匠小林家鷹を主人公にした『白鷹伝』（二〇〇二年）から、奇抜な安土城築城をなしとげる棟梁岡部又右衛門をえがき第一一回松本清張賞を受賞した『火天の城』（二〇〇四年）、信長の鉄砲隊をつくりあげた橋本一巴の生涯を活写した『雷神の筒』（二〇〇六年）まで、「信長テクノクラート三部作」と称される超異色の戦国ものに受けつがれた。

その後も戦国ものはつづき、第一四〇回直木賞を受賞した『利休にたずねよ』(二〇〇八年)、『ジパング島発見記』(二〇〇九年)、本作品(二〇一一年)、『信長死すべし』(二〇一二年)、『花鳥の夢』(二〇一三年)がある。

戦国ものとならび山本兼一が好んだのが、幕末ものである。

駆け落ち夫婦が開いた京の道具屋を舞台とする時代小説「とびきり屋見立て帖」シリーズ、同じく江戸の刀剣商が主人公の時代小説「刀剣商ちょうじ屋光三郎」シリーズに、騒擾《そうじょう》の時代を一途の思いで駆けぬけた山岡鉄舟をえがく『命もいらず名もいらず』(二〇一〇年)などがある。

それにしても、いったいなぜ戦国時代と幕末なのか。

山本兼一の友にして良きライバル、作品でも競合した安部龍太郎は、心のこもった追悼文(「美大生の貴兄へ」、「小説トリッパー」二〇一四年春季号)のなかで、「戦国時代を江戸時代の鎖国史観や士農工商の身分差別史観でとらえるのはおかしいと、同志的な共感を持って」語りあったと書いている。

戦国時代が秩序の固定化された閉鎖的な社会以前の変動期なら、幕末は閉鎖的差別社会の崩壊期である。江戸幕藩体制をはさむ二つの変動期あるいは転形期。そこでは、権力や権威はたちまち転倒、常識は容易にくつがえされる。人びとの希望をあつめた水平的な社会が、垂直的な社会をいたるところで侵食する。秩序の内と外の境界ははっきりせず、内が外とつながり、外が内へとはいりこむ……。

もとより二つの転形期は、下克上や維新の暴力がふきあれる血なまぐさき時代である。山本兼一の歴史小説、時代小説もそんな暴力的動乱の時代を物語のステージにするとはいえ、血なまぐささは極力排除されている。「世の中にこれほどやり甲斐のある仕事もなかろうがや。侍は殺生して首をとらねば手柄にはならぬ。われら城大工は、天下のための御作事が仕事じゃものな」と『火天の城』の登場人物は語る。破壊と死の暴力がふきあれるなか、あくまでも生きて、どんなにささやかなものであれ、みずからが賭けた仕事をなしとげる。初期短篇に跳梁する、信長を狙う者たちもそんな仕事師であり、切腹によって幕を開けた『利休にたずねよ』からたちあがる利休像もまた同じであろう。

山本兼一にとって、戦国ものと幕末ものはともに、おのおのの分を尽くし生きる者たちが、喜怒哀楽を迸らせ創りあげる悦ばしき水平的社会の小さな入り口ではなかったか。

経済侵略と軍事侵略がかさなる

『銀の島』は、「小説トリッパー」二〇〇七年夏季号～二〇〇八年冬季号に連載された「ザビエルの墓標」を改題し、大幅に加筆修正の上、二〇一一年六月に朝日新聞出版から刊行された。刊行にあたって、山本兼一は、「一冊の本」六月号の「著者から」のコーナーに、「ザビエル来日と石見銀山」と題した一文を書いている。

冒頭で、「『銀の島』は、大航海時代の日本とアジア、ヨーロッパを俯瞰する冒険物語である」と規定。当時におけるポルトガルの圧倒的な軍事的優位性を確認したうえで、「ザビエルの来日と同時に、もしも、石見銀山に強い興味をもったポルトガル軍人が来日し、この列島へ軍事的な触手を延ばしていたら――というのが、この物語の発想の原点」と記す。

ザビエルのことが書きたくて取材をはじめたのは五年前、まずはザビエルの生まれたザビエル城とローマのヴァチカン宮殿、ポルトガルのリスボアの街と港を訪ねたという。フリーランスライターの時代が長かった山本兼一は、えがく対象をまず調べて、歩き、体験することから出発した。直木賞受賞の際に書かれた自伝エッセイ「本のある家」(「オール讀物」二〇〇九年三月号)には、「役《えんの》行者《ぎょうじゃ》を書くために、吉野山や羽黒山の山伏修行に行った。炮術師を書くために、火縄銃の実弾射撃をはじめた。刀鍛冶を書くために弟子部屋に泊めてもらって鍛冶場を手伝った。武道の技と心が知りたくて居合の会に入った。利休を書くために、お茶を習った」とある。ザビエルの足跡を辿ることからはじめた本作品の実地調査、文献調査も徹底したものだったにちがいない。

ただし、大航海時代＝植民地経営競争時代における「銀の島」(ジャポン)の危機については、はやくも『白鷹伝』のなかで、韃靼王の使者エルヒー・メルゲンが信長に詳しく語っていた。「耶蘇会が、ポルトガル国王の手先となって各地に軍勢を引き入れる手引きをしている風説があるが、これはまことか」との信長の問いにメルゲンが頷く。こうした「耶蘇会」が、ザビエルの姿形で出現し、そこに布教と、「交易」という名の経済侵略および軍事侵略との矛盾が深く内面化されたとき、本作品ははじまった。

水平的な友愛のステージとして

水平的社会への入り口においても、否そうであればあるほど、垂直的支配とその執行暴力は顕在化する。『銀の島』で、この支配と暴力をになうのが野心の怪物バラッタだとしたら、ザビエルにおける宗教と支配との矛盾を鋭くつくとともに、バラッタに対抗するのが安次郎である。

作家古川薫のノンフィクション作品『ザビエルの謎』(一九九四年)では、ポルトガル植民地政策に相乗りした「イエスの軍隊」＝イエズス会の宣教師ザビエルを「諜報員ザビエル」と名指すが、安次郎(弥次郎)はザビエルを日本につれてきた者として紹介されるのみ。また、カトリック作家加賀乙彦が書いた『ザビエルとその弟子』(二〇〇四年)では、日本人と日本語をほとんど知ることなしに行われたザビエルの布教を非難するアンジロウはいても、その後のアンジロウは登場しない。

こうしてみれば、『銀の島』の独創は、ザビエルの矛盾を眼前にしザビエルと袂《たもと》を分かった後の安次郎の行為といってよい。安次郎は、石見銀山支配を実行に移そうとするバラッタを撃つため、海賊の首魁王直と結ぶ。「いちばん大切なものはなんだ?」と王直に問われた安次郎が「仲間でございます。仲間が助け合うことです」とこたえたとき、きらめく「仲間」の光景が出現する。

――おれの世界は、おれが作るんだ。
それが生きている意味だと感じた。
一人ではない。天と海と地があり、仲間がいる。それ以外のものは必要ない。
東の水平線に淡く黄色い光が見えた。
光はやがて大きくひろがり、空が桜色の朝焼けに染まった。（「XⅡ　安次郎」）

安次郎に焦点をあわせれば、『銀の島』は、原題の「ザビエルの墓標」をふみこえてすすむ安次郎の成長物語であろう。そう考えるなら、安次郎の成長を見守った語り手「わたし」の成長もあきらかとなる。一九一一年一月の大逆事件の判決を国家の暴力行使として非難する「わたし」は思う。「国家などという下品な意識をもたず、地域や民族の境界を自由に行き来し、辺境や境界にこそ安住したアンジロウや王直たちの浩然の気概が、じつに雄々しく羨ましく感じてならない。／われわれは、つい、広大なる海洋を閉ざされた国境として考えがちだが、むしろそこにこそ豊穣な楽土があった」（「終章」）。
「仲間」をめぐる王直との会話も、きらめく「仲間」の光景も、ザビエルの死後その生き方を同志の偏狭な一途さとして受けいれる安次郎の思いも、そして、「国家」をめぐる「わたし」の非難と、水平的な友愛のステージであるべき海への思いも、「ザビエルの墓標」にはなく『銀の島』で新たに書きくわえられた。

わたしは、ここに、短い、短すぎる作家生活とはいえ、そこで一貫して追求した物語の当然の帰結とともに、三・一一東日本大震災・福島原発事故をめぐる山本兼一のビビッドでラディカルな応答があるように思えてならない。

㉖ともにたたかう「なかま」が共和国

佐々木　譲 Sasaki Jo　『婢伝五稜郭《ひでんごりょうかく》』　朝日文庫

暗い荒野を疾駆する社会派エンターテインメント

断言する——これは傑作だ。

くりかえし、くりかえし読みたい作品である。

周知のとおり、作者佐々木譲は、一九八〇年にモトクロス小説『鉄騎兵、跳んだ』で走りだしてから現在にいたるまで、現況への反発、憎悪を主な原動力に、同時代の暗い荒野を疾駆しつづけてきた。

この『婢伝五稜郭』には、果敢なる冒険小説家にして心をゆさぶる社会派エンターテインメントのトリガー佐々木譲の苛烈な批判精神と、自由と解放をめぐる鍛えぬかれた思想が、そして、日々ともにたたかう「なかま」への共感と敬意が、脈うつ。

第二次大戦秘話三部作の『エトロフ発緊急電』や『ストックホルムの密使』、警官小説の金字塔

『警官の血』や歴史長篇『武揚伝』などのような重厚な大作ではない。しかし、いくらか小ぶりなこの作品には、そうした大作にもあらわれる佐々木譲の特質のほとんどすべてがぎゅっとつまっている。

二〇一一年初頭にこの作品に出会って二年半、文庫版解説を書くために今回、数えて五回目の熟読となった。わたしは感動をあらたにするとともに、三・一一原発震災をはさみ未知の困難の連鎖する時代を背景に、この作品の重要さが読むたびにましてくるのを確認しないわけにはいかなかった。

本作品は、「小説トリッパー」二〇一〇年夏季号〜冬季号に連載され、加筆訂正のうえ二〇一一年一月に朝日新聞出版から刊行された。文庫化によってこの傑作がさらに多くの読者へとどくのを、わたしはよろこびたい。

負の呼称を積極的に選びとる

『婢伝五稜郭』は、タイトルどおり、「婢」すなわち「端女、下女」という社会的かつ性的劣位をしいられるひとりの女性からとらえがかれた、五稜郭の戦い後日譚である。

官製の幕末維新史によれば、五稜郭の戦い（箱館戦争）は、鳥羽伏見の戦いにはじまる新政府軍と旧幕府側との争い、戊辰戦争最後の戦いであった。蝦夷地を不法に占領、箱館の五稜郭に籠城していた榎本軍の降伏によって、一八六九年五月、新政府による国内統一が完成した。

『婢伝五稜郭』での五稜郭の戦いの位置づけはまるでちがう。

旧幕府や東北諸藩の将兵およそ三千を率い、蝦夷ガ島（北海道）に上陸した榎本武揚は、兵士たちの投票によって蝦夷ガ島を統治する自治州の首脳陣を決定、みずから総裁に選ばれて自治州政権を樹立した。

各国領事は榎本政権が事実上、独立国家であることを承認。しかし京都政権側はこれを認めず、数万の軍勢で攻めたてた。

箱館の町を無差別に焼きはらい五稜郭開城を迫る京都政権軍に、榎本軍はついに降伏。ここに、絶対主義政権が成立し、共和国への夢は断たれた。

しかし降伏直前、京都政権軍の圧政を厭い、自由と共和国をもとめる者をふくむ三百人の兵士が密かに五稜郭を脱走、北の大地に散った……。

こうした設定は、脱走兵たちが潑剌と活躍する『五稜郭残党伝』（一九九一年）、『北辰群盗録』（一九九六年）とつづき、壮大な番外編ともいうべき『武揚伝』（二〇〇一年）をはさみ、十五年近い時間をおいてこの『婢伝五稜郭』で完結した「五稜郭三部作」に一貫する。常識の転倒が時代小説の醍醐味であってみれば、官製の常識ならなおさら転倒させずに物語ははじまらない。

それだけではない。

「残党」に「群盗」、そして「婢」。

三部作はいずれも多数派の形成する社会から蔑まれた負の呼称をむしろ積極的に選びとり、権力をにぎる多数派への不屈の抗戦の活力にしている。

一般にはそんな抗戦からも排除されがちな女性をあえて主人公にした『婢伝五稜郭』には、とりわけ負を反転する活力が横溢する。それぞれ独立した物語ながら、ゆるやかに連帯する三部作のしめくくりとして、『婢伝五稜郭』は前二作に比べさらに一歩も二歩も前にすすみでた試みとなっている。

共和国は「いまとここ」にある

ストーリーをたどろう。

五稜郭の戦いの最終局面、高龍寺におかれた箱館病院分院に、官軍の兵士がなだれ込み、三十人ばかりの傷病兵をつぎつぎに惨殺した。止めにはいる若き医師井上青雲も容赦なく斬られた。この瞬間、青雲に思いをよせ江戸からはるばる箱館にきた二十歳の看護婦朝倉志乃の、残虐にして強大な敵との終わりなき「わたしの戦」がはじまる。

ほどなく敵のひとりを医学の知識をいかし殺した志乃は、追われる身となる。洋式農園を営むプロシア人ガルトネルに匿われ射撃、馬術、それに西洋料理を学ぶ。アイヌの青年カシンカとの友愛もめばえた。執拗をきわめる追っ手を逃れ志乃は、榎本軍からの脱走兵で共和国をもとめ樺太へむかう三枝弁次郎と行動を共にする。

ときに無慈悲な夜叉に変じる志乃は、「わたしの戦」のむこうにやがて「新しい生き方」をもとめはじめる。「榎本総裁が言っていた共和国の意味が、いまはとてもよくわかる。それは、どんなひとと、どんなふうに生きるか、ってことだった。高龍寺で起こったことと正反対のものが共和国だ。その共和国を打ち立てようと、なお戦っているひとがいる。ならば、自分もそのひとりになる」。そして、弁次郎の語る「われらが共和国」についてたずねた——。


「作れそうですか？」

「もう作った」と、三枝弁次郎は言った。

「え？」

「おれたちは、もう五稜郭でとうに共和国を作っていた。一緒に脱走した仲間たちが、共和国だった」

志乃はとまどって言った。

「共和国ってそういうものですか？」

「そうさ。おぬしにとって、箱館病院はそういうものじゃなかったか？　ガルトネルの農場はどうだった？　少ししか聞いていないが、そこはおぬしの共和国ではなかったか？」

「ああ」志乃はやっと得心した。「そうだ。わたしの戦とは、その共和国のためのものだ」

共和国はどこか遠くにある理想の政体ではない。いつかくることを信じて現在の圧政を受容するのに都合のよい漠然とした政体ではない。

共和国は「いまとここ」にある。

ともに生きたい人と人とが水平につながり、眼前の困難および敵とたたかうところならば、いつでもどこでも共和国は出現する。

だから、共和国は孤立することなく無数にあらわれ、連帯し、その都度あらたなたたかいを展開する。

志乃が青雲らとまもってきた箱館病院が共和国なら、プロシア人ガルトネル、セツ、アイメのカシンカ、テシメらがつくりあげ、それらの人びととの日々の交流によって志乃が成長する農場も、まぎれもなく共和国だった。

むろん、話しあう志乃と弁次郎の共感のさなかにも、きらめく共和国は降臨する。

文学によってとらえられた、いまだかつてない驚きの「共和国」イメージといってよい。この場面の実現だけとっても、『婢伝五稜郭』は傑作の名にあたいするだろう。

ともにたたかう「なかま」が共和国。

困難に直面した自由な個人によって選びとられた「水平の連帯」思想（たたかうなかまの思想）を、従来のようにデモクラシーや自由民権ではなく、佐々木譲は端的に「共和国」と名づけた。

いささか大仰にも思えるこの命名によってこそ、近代日本が欠落させ現代日本がひきつづき欠落させてきたものがうかびあがるとともに、志乃の言葉を援用すれば、それとは正反対の国家だけが強大化し、一度壊滅したのちも生き残り、今ふたたび強大化しつつある状況がはっきりとみえてくる。三・一一以後は「オールジャパン」や「絆」、国境をめぐる最近の緊迫では「同胞」といった掛け声のもと上からの統合も急速にすすむ。

目がくらむがごときこうした巨大な欠落および正反対の国家の露出をまえに、どんな理想主義も政体論議もむなしく感じられる。

にもかかわらず、ではなく、そうであるがゆえにわたしたちには、「いまとここ」での共和国にして下からの共和国、すなわち、日々の困難にまっこうから向きあい、ともにたたかう「なかま」のいっそうのひろがりが必要なのである。

『婢伝五稜郭』は、そんな「なかま」の再発見をつよくうながす。

遠くからとどく志乃と弁次郎の言葉は、わたしたちの現在にするどくつきささり、わたしたちの未来をかすかにてらしだすにちがいない。

ところで、『婢伝五稜郭』をふくむ五稜郭三部作での「共和国」思想を、安部公房の『榎本武揚』（一九六五年）における「共和国」と比較しておこう。

第一に、安部版共和国があくまでも西欧型であるのにたいし、佐々木版では当時の社会的現実をくぐり形成されたものであること。

第二に、安部版共和国は上からの注入物であるのに、佐々木版でのそれはあくまでも下からの形成物、しかも社会から排除された者や、民族差別や性差別にさらされた者の共闘によってだけ形成されうるものであること。

第三に、安部版で北海道はついに辺境の原野にとどまるのに比し、佐々木版では共闘と共生の根拠地であり、なによりも親しみと畏怖にみちた風土であること、さらに……。こうした「共和国」思想のもっとも尖鋭な体現者こそ、志乃であるのはいうまでもない。

最後に、佐々木譲の物語のラストについて。

冒険小説の盟友のひとり志水辰夫の物語のラストはシミタツ節として知られる。短い言葉がこれでもかこれでもかと連射され、抒情の旋風がまきおこる。それをシミタツ節とよぶなら、佐々木譲のラストもジョーゼツとよばれてよいとわたしはずっと思ってきた。もちろん、饒舌ではない。エッジのきいたストイックで独特な「譲舌」である。

『婥伝五稜郭』では、おなじみのジョーゼツに、はなやぎとかなしみとがくわわり情感がいつになく尾をひく。

ともにたたかってきた「なかま」には、つよい紐帯《ちゅうたい》があればあるだけ、つらくせつない別れもまた不可避なのだ。

27 時代ものの終わりと始まり

福田善之との対談

一九五〇年代の時代劇体験

編集部 今回は時代劇の特集ということで、劇作家の福田善之さんと本誌連載でおなじみの高橋敏夫さんをお招きして、お二人にそれぞれの時代劇に寄せる想いについてお話しいただこうと思います。

福田 この雑誌では、何号目ぐらいで時代劇の番が回ってくるのでしょうか。

編集部 五、六年ぶりになりますか。前回は、時代小説と時代劇両方を扱いました。

高橋 現代を映すビジュアルに独特なこだわりをみせるこの種の雑誌には、時代小説とか時代劇などを扱うのはなかなか難しいと思うのですが、かなり積極的に取り上げられていますね。「時代小説の中の現代」というわたしの連載もすでに六十回を超えて続けさせていただいていますが、その中で福田さんの時代演劇、時代小説について書いたのは四回、同一作者では最も多いはずです。芝居『港町ちぎれ雲』、芝居『颶風《ぐふう》のあとに』、小説『草莽無頼《そうもんぶらい》なり』、芝居『草鞋《わらじ》をはいて』です。
　わたしはいわゆる時代劇について熱をこめて語るほどの時代劇体験はしてこなかった。だから時代小説の楽しみならともかく、時代劇の楽しみとなるとちょっとと思いつつ、絶頂期の時代劇映画、テレビ時代劇にも関わり、時代もの演劇を積極的に創り、近年は時代小説も書かれている福田さんの、時代劇の楽しみをぜひ聞いてみたいと思いました。
　福田さんはテレビの時代劇の脚本も書かれていますね。わたしの大好きな笹沢左保の「木枯し紋次郎」とか藤沢周平の「立花登シリーズ」などですね。

福田　あのとき一遍だけ藤沢周平先生にお目にかかった。スーッといらして、にこにこしてスーッといなくなっちゃった。残念でしたね。

高橋　一九八四年のＮＨＫテレビドラマ、その第一回目を福田さんが。

福田　というか、脚本・監修というふうに祭り上げられまして。

高橋　中井貴一が主演しましたよね。わたしもリアルタイムで見ているんですよ。

福田　みんな佐田啓二の息子だというので、ハンサム、イケメンだろうと思うとそうでもないと話していた（笑）。

高橋　うーん（笑）。そのときには福田さんが関わられていたのに気づかなかった。

福田　一本だけですから。

高橋　第一話となった「雨上がり」。福田さんは何をなさっても斬新なるトップバッターですね。

福田　その前にもテレビの「天下御免」と「天下堂々」、両方とも早坂暁さんが書いたのですが、早坂君は遅筆ですぐつぶれるので、福田と石堂淑朗にだけは代作を書かせてもいいと言ってくれたらしくて、僕と石堂がときどき書いていたんですよ。おかげで圓生さんにセリフを書いたことがありますよ。いまはとても懐かしい思い出ですけどね。

大体面白いこと、新しいことをやろうとすると、上から頑ななのが下りてくる。それがほとんどですね。駄目だというのは決して上だけの意見じゃない。

困ったことのひとつに、連続をやっていると某俳優さんは自分で「本」をつくっちゃうんですよ。もう亡くなりましたけど、勝手に役者を集めてつくっちゃう。いくら何でもこれはまずいんじゃないかと、さすがに怒ったことがあります。

そんなことを許す弱いディレクターばかりじゃないんですけれど、このときのディレクターが一番出世しました（笑）。テレビ時代劇では、そういう類の悔しい思い出もたくさんあります（笑）。

高橋　福田さんが基地反対闘争をめぐる芝居「富士山麓」（ふじたあさやとの共作）でデビューされるのが一九五三年ですね。本日の話題になる時代劇は、福田さんがデビューされたころに一つのピークを迎えて、一九六〇年代には急速に傾いていく。媒体が映画からテレビへという方向に変わっていくこととも関わるのですが、当時の最も先鋭な演劇青年の一人、福田さんの同時代体験として、時代劇はこれを見たということはありますか。

福田　五〇年代以前に、子どものころアラカン（嵐寛寿郎）の「鞍馬天狗」なんていうのをやっぱり。チャンバラ映画で育ったようなものですね。

そのころ、チャンバラと言うと日活京都作品。これがうちの小学校の――日本橋の東華という小学校なのですが、そのテリトリーを越えた隣の学校近くに日活京都をやる映画館があるんですよ。そこへ行くのが、ちょっと大げさに言えば、かなりの決死。大人とくっついて行けばいいわけです。だけど、子どもたちだけで行ったりすると囲まれてしまうわけですね。それが発展して、やっぱり喧嘩。対抗喧嘩で交番に呼ばれたこともありましたけどね。

そういうときに日活京都映画というのはぴったりですね。縦縞にKと書いたあれが出てくると、やっぱりドキドキしました。

高橋　内田吐夢《とむ》が五〇年代の中ごろに中国から戻ってきて、時代劇を代表する作品のひとつ「血槍富《ちやり》士」を撮ります。片岡千恵蔵が侍社会を揺さぶる暴発を見事に演じた。わたしはようやく八〇年代の中頃になってビデオで観て圧倒されたのですが、この一九五五年封切りの「血槍富士」は福田さん、同時代の映画体験ですか。

福田　遅れて見たんですよ、残念ながら。ちょうどそのころ観て面白かったのは、時代劇ではなく「ゴジラ」でした。

高橋　ああ、やはり五四年です。

福田　実は今度、高橋さんのご本をもう一回引っ張り出して読もうとしたら、ゴジラの評論がたくさんあるんだと思って。僕が見たのは「ゴジラの逆襲」からなんです。

高橋　第一作のゴジラの大人気から、翌年の五五年につくられた。

福田　両方見ましたけど、圧倒的に最初の方が面白いですね。

高橋　「ゴジラの逆襲」の同年に「血槍富士」があったのですね。やはり時代劇の代表作の一つ「七人の侍」は、「ゴジラ」と同じ一九五四年の封切りです。

こうして並べてみると面白い。もちろんまだカラーではなく白黒映画なんですが、五〇年代の時代劇と「ゴジラ」というのは全くジャンルは違うんですけれど、中に含み込んでいる闇とか暗さとか暴発する激情とか、そういうのは似ているかもしれませんね。

福田　同じだったんじゃないかな。

日本の役者が兵隊と侍をやれなくなった

高橋　能村庸一《のむらよういち》さんが「実録テレビ時代劇史」という、文庫本では六百五十ページを超える部厚い本を書いています。ずっとテレビ界で時代劇に関わり、「鬼平犯科帳」や「剣客商売」などのプロデュースで鳴らした方だから、時代劇への愛情は並大抵のものではない。本編は一九九〇年代末で終わっているのですが、十五年後の文庫化にあたって書いた文章には危機感があふれだしています。二〇一一年に「水戸黄門」がとうとうなくなり、レギュラー枠の時代劇が消えました。春日太一さんという若い、これまた時代劇愛にあふれた時代劇研究者の『なぜ時代劇は滅びるのか』という本が間もなく出るようです。

ともかく時代劇をめぐっては、ノスタルジーの逆説的な豊饒さはともかく、もう楽観的な見方はほとんどないのが現状です。

しかし、わたしがたいへん不思議な気がするのは、時代劇が危機意識を高めていく一九九〇年代から現在まで、他方では、時代小説が大ブームをまきおこし、戦後においていまほど時代小説が活況を呈している時代もないのです。わたしが時代小説の評論を書くようになったのも、このブームはいったいどこから来るかを確かめてみたいということがまずありました。

時代劇の衰退と、時代小説の興隆と。いったいこれはどういうことなのでしょう。福田さんが脚本を書かれた藤沢周平が、ようやく多くの読者をつかむのも九〇年代のはじめです。一九九二年に生前全集がではじめた、そのころから誰も彼もが藤沢周平を口にしだすのです。

福田　そんな遅いんですか。

高橋　バブル崩壊があり、戦後のがむしゃらなイケイケ風潮がついに崩れ落ちたとき、人びとの傷だらけの心に藤沢周平の世界が静かに入っていったのでしょうね。それからずっと時代小説ブームです。最近は書き下ろし時代小説文庫が人気で、わたしのところには毎月数十冊の文庫本が送られてきます。福田さんも今年になって『猿飛佐助の憂鬱』という作品を文庫で書き下ろされた。時代劇に関わり、そしていまは時代小説を書かれている福田さんに、このギャップはどう見えているのでしょうか。

福田 いまの大河ドラマ、たまにはご覧になりますか。

高橋 ほとんど観ていないですね。いや、まったく観ていないです。

福田 結構面白いですよ。面白いって、割り切ればね。ただ、NHKはちゃんとやっていたみたいな、あの鬘《かつら》ですよね。ひどくなっている。地頭は切ったりとかそういうことをしないでかぶせているから、妙な独特の膨らみになっちゃっていて、そういうので白けて見なくなる人というのは結構いるんじゃないでしょうかね。

ずいぶん前に、高橋さんと「週刊金曜日」で現代演劇をめぐる対談をしましたね。あのときに非常に印象に残っているのは、高橋さんが、日本の役者はもう兵隊がやれなくなったって言ったことです。そのときは問題意識がずれていて反応しなかったけれど、そのかわりその問題をずっと考えてきた。折に触れてそれを思い出すんですよ。

それと似たようなことだけれど、例の阪妻（阪東妻三郎）さんの「雄呂血《おろち》」ですか、そのフィルムを見ると、登城する侍たち、左腰がこういうふうに落ちている。本物の刀が重いですからね。刀とかそういうのは、古道具からするとかえって安いわけですよ。
それと、大河ドラマに出させていただいたときに、みんな役者の体が大きくなっちゃって、昔のものが着られないんです。僕は小さいから物本を着せられちゃうんです。その重いこと。いまでも思い出しますね。

高橋 五〇年代ぐらいまでは、ずっと戦前から続く役者の身体の連続性があったのでしょうが、その後はしだいに断絶が目立つようになりますね。

福田 僕、勝新さんをとても尊敬していたんですが、本当に薄い軽いものでつくって、ピーッて。あれは見事なんだけど、やっぱり嘘に決まってますよね。だから功罪相半ばすると思う。いま、みんなそれになっちゃって。ただ見ていると、「るろうに剣心」なんて漫画のあれは面白いんですけど、全員がこれですから、どういう印象を持とうにも持てないですね。全体がテンポよく運んでいきゃいいやという感じになっちゃってね。

高橋 役者の身体の連続性が絶たれたということは、わたしたちの暮らす場の連続性が絶たれたことに重なりますね。五〇年代から六〇年代というのは高度経済成長期で、この高度経済成長期について実に興味深い捉え方があって、高度成長期以前に二千年の列島の風景があり、以後は数十年しかないと。
そういう大転換が社会にあって、中で生きていると気づかないのだけれど、ときにその転換に、断絶に気付かされる。役者の身体の断絶も、風景の断絶も、従来の時代劇からすればもう決定的なのでしょうね。一九六〇年代の終わりごろにはもう、時代劇のロケの場所もなくなりましたね。

福田　京都へ行くと、カメラのいいところを探そうとすると、そういうガイドがいて、「それはここだけ、これ以外は撮れません」って案内の人が言うんですって。それに対して「はい」と言うのも悔しいから、自分の目で一所懸命探すと、やっぱり最後はそのガイドさんが言ったところに落ち着いて、彼らがリードする。

海外へロケに行くという手ももちろんあるでしょうけれども、芝居をやる立場で言うと、時代劇、予算が高くてできなくなったわけですよ。

それから、坂本静春《きよはる》という、有名なサカモっちゃんと言われていた鬘師《かずらし》がいたんですよ。彼が亡くなっちゃってからうまくいかぬようですね。そういう一筋の技師がいなくなると。立ち回りもうまくいかなくなる。

錦之助、後の萬屋錦之助ですね、当時はまだ中村ですけど、彼は僕の芝居「真田風雲録」を観に来てくれた。有馬稲子と新婚でした。その直前に有馬稲子さんの映画に、羽仁進さんの「充たされた生活」というのに僕ちょっと出ていたんです。新劇の演出家という役で。物本使えばいいと思ったんでしょうね。それで有馬さんが連れてきたんですよ。錦之助に「どこでもいいか」と言ったら、「どこでもいい」と言うので、渋谷のとん平という汚い、養成所の子がアルバイトするような普通の居酒屋ですけど、そこで話した。彼がこの芝居を映画にしたい、立ち回りは俺がつくと言った。錦之助は立ち回りを本当によく考えていた。もうそういう役者はいないでしょう。そんな彼が死んでもうずいぶん経ちます。

池波正太郎からのヒント

高橋　加藤泰《たい》監督の映画「真田風雲録」では錦之助がじつに生きいきと動いていますが、立ち回りにも強い思い入れがあったのですね。

　ところで以前、現代演劇で山本周五郎か誰かの時代ものをやるときに、役者全員がTシャツとジーンズでやったのを観たことあるんですけど……。

福田　それ以外に方法がないんですよ。ジーンズにするか、黒いパンツというか黒いズボンにするしかしようがない。

高橋　現代演劇ではそれができるんでしょうけど、映画とかテレビの時代劇では、さすがにできないと思うんです。しかし、時代劇も現代の役者が時代ものの衣装を着けて演じているのだから、そういう衣装をとっぱらったときこそ、本当に時代ものの意義がうかびあがるのではないかと。うかびあがらないではすまされないと。あれ観たときびっくりして、あっ、こういう方法があったんだなと。現代の人間が時代ものをどうしてやらねばならぬかが、その舞台でこそ問われる。観ている者は何かくらくらするのだけど、それだけにこれは面白い試みだなと。
福田　時代劇のよさというのは、僕にとってはそこに行っちゃうわけです。
高橋　現代ですね。
福田　ほかに道がない。
高橋　福田さんの時代ものは、現代もの以上に現代ものなんですよね。現代を切り取るために時代ものを借りる。ほかの劇作家たちの時代ものと福田さんの作品を比べると明らかに違う。福田さんはいまの問題というものがまずあって、それを核心にして描いている。福田さんの作品はいい意味でとてもわかりやすい。読めばすぐわかる（笑）。ビシビシと痛いほど伝わってくる。それだけ思想的なインパクトが強い。福田さんにとって、時代もののほうが現代ものにまして、近代をトータルに問い直す思想をストレートに出しやすいのでしょうね。
福田　だんだん高橋さんにしかわからない作品を書くようになってしまった（笑）。ご著書に『「いま」と「ここ」が現出する』というタイトルの書評集がありますね。あのタイトルには本当に同感です。テレビで最近、「いつやるか？　今でしょ！」というのが出てきちゃったので、なんですが（笑）。
　昔、僕は「真田風雲録」を創り、池波正太郎さんが、あの人も芝居、新国劇をやっていたものですから、先生の傑作と僕のとが一緒にやるみたいなこともあったので、そういう意味では優しくしてくださったんですけど、大雑把に言うと二つあるって池波さんはおっしゃる。一つは、現代に、こっちに引っ張ってきちゃう。もう一つは、叶わんながらもその時代に入り込もうとする。「福田のは、強引に何でもかんでもいまに持ってくるんだと思っていたら、おまえ、そうでもねえぞ」なんて言って(笑)。本当にそうなんですね。

高橋 ああ、福田さんと池波さんとは、なかなか興味深い組み合わせですね。池波正太郎の世界は、パンパンパンってものすごく歯切れのよく動く世界です。「その夜」なんて言うだけで、世界はがらっと変わっちゃうわけですけど。まさしく芝居的、演劇的ですね。

福田 影響受けています。

高橋 はい。それは初めてお聞きします。

福田 昔、電話をかけたことがあるんです。「先生の○○のこの趣向を僕ちょっといただきたいんだけど」と言ったら、池波さんが何と言ったと思いますか。「ばれねえようにやれ」って(笑)。

高橋 いまの池波さんの声色で、あっさりばれてしまった。

福田 こんなところでばらしちゃまずいんですけど(笑)、親切にしていただきました。

高橋 なるほど、福田さんと池波正太郎さんは、一世代池波さんの方が上ですけれども、大体生活圏は同じですよね、下町の。

福田 だから若いころは、本当に下駄履いている僕と先生がすれ違ったことがあるに違いないと思いますね。だって、株屋の小僧だったんです。

高橋　池波さんのエッセイなどを読むと、大学経由の文化ではなくて町経由の文化というか、それにものすごく池波さんは自信を持っています。池波さんの世界の強さというのも下町文化のたしかさ、賑やかさ、江戸の町との連続性によるものでしょうね。藤沢周平が病気をして回復し、ちょうど一九六〇年ぐらいなんですけど、故郷に帰れず、結局日本橋あたりで業界紙の記者になった。自分はやっていけるのかどうか不安な藤沢周平をはげましたのが、下町だった。人びとの独特なざわめきに、藤沢周平は生の豊饒さをはじめて感じ取ったのではないか。だから藤沢周平の時代小説の基盤にあったのは、けっして郷里の「海坂」ではなく、江戸から連続性を保っていた下町です。福田さんは一九六〇年ごろはまだ下町にいらしたのですか。

福田　いや、戦争終わってすぐ下町から離れているんです。終わってすぐというか、ほとんど同時に。戦争の終わる前に人手に渡っていますから。焼けないけれど、同じことになっちゃったという話になっている。

高橋　少年時代の福田さんの生活圏は、池波さんとほぼ重なり、藤沢周平が接した戦後の下町よりはるかに濃厚な場所から、福田さんは誕生したことになりますか。

福田　そうですね、いろんな人がいました。僕の「私の下町」という芝居があるんですけど、その中にあるように。ですから、いわゆる国籍での差別とか、そういうようなものというのは抱きようがない環境にいましたね。だから、それはありがたいと思っています。

切断することからつながることの方へ

高橋　この春に書き下ろされ、同時にPカンパニーによって上演された「猿飛佐助の憂鬱」ですが、「憂鬱」という言葉、わたしは大いに気に入ったんです。

福田　早くから題名だけ決めていました。

高橋　そうでしたか。「真田風雲録」が六三年で、その後の「異聞猿飛佐助」が六五年ですよね。二作品から、この「猿飛佐助の憂鬱」までは五十年です。物語は福田さんの中でずっと育ち続けて、あるいは崩れ続けたのかもしれないのですが、その物語がこんど「憂鬱」という言葉でまとめられた。早くからタイトルは決まっていたというのはいまはじめて知りました。たしかに、わたしたちはずっと憂鬱なのですが……。

福田　スーパーマンにだって、スーパーマンの憂鬱というのはもちろんあるんでしょうけれどもね。やっぱりそういうふうに考えなかったものだから。まず本屋さんに、もっと爽快な論点だと思ったのに非常にがっかりしたというようなことを言われました。

演劇については、高橋さんはパンフレットに書いていただいたものだから褒めないわけにいかないでしょうが、高橋さんのもう少しつっこんだ意見を聞きたい。

高橋　「真田風雲録」と比較してみて、わたしは福田さんの中で非常に新しいものが出てきたのかなと思った。その一つが、新しく物語に加わった阿国ですよね。阿国と、あと佐助を産んだ母親。その女たちのつながりみたいなものが、「真田風雲録」には潜在していたものが、今回はっきり現れてきたと思うのです。女たちがつながっていく力、つなげていく力というものが示されて、何も持たない者のゆるやかな連帯の芽生えが、憂鬱だった猿飛佐助を少し前に押し出す。

きょうのテーマは時代劇の魅力ですね。その中核はチャンバラにあるのでチャンバラ映画ですが、いまのつなげていくという力とはまったく逆の、切断する力が横溢している世界です。「真田風雲録」はまさに切断する力を、そんな力が吹き荒れる戦国の世で書かれたわけですが、今回は、つなぐためには何が必要なのかという、そこのアイテムをいろいろ拾い上げてきた、これではどうだという福田さんのつよい思いが一つひとつのエピソードに感じられました。

福田　自信がないんですよ（笑）。そう言っていただけると嬉しいな。だけど、あっ、また高橋さん一人が認めてくれたと（笑）。

高橋　つながるというのはなかなか難しいんですよね。映画にも難しいし、多分テレビドラマでも難しいし、舞台でも難しい。そうすると、やっぱりこれは小説じゃないかなというふうに思うのです。

先ほど、時代劇の著しい衰退と時代小説の大ブームとが同時に起きている不思議を話しましたが、あれには続きがあって、大ブームの時代小説は、実はチャンバラの大ブームではないんです。そういう小説も多いのは確かなのですが、ベースにあるのは江戸市井ものでして、「かっこよく生きて、かっこよく死ぬ」という馬鹿な美学を排し、人と人とが静かにつながる世界がベースにあるのです。そんなつながりの軸となるのが藤沢周平です。

福田さんの今度の試みは、戦国ものでありながら、切断する方向ではなく、静かに繋がるという世界を見事に提示しているのだとわたしは受け止めています。舞台ならば、映りは「真田風雲録」の方がいい。新しい世界は小説の方が多分書きやすいんじゃないかなと思いました。

ですから今回の「猿飛佐助の憂鬱」というのは、福田さんの中では憂鬱をちょっと抜けたんじゃないかなって、そんなふうに思ったんですけれども。

福田　もしそうだったら本当に嬉しいです。

高橋　本当に憂鬱な人は憂鬱とは言わない。抜けた人だけが憂鬱を掲げて次に進むのでしょうね。パンフレットにも書かせていただきましたが、「快哉を求めて憂鬱を恐れず」の世界です。わたしは福田さん、多分抜けたんだなと思っています。

福田　おっしゃるパースペクティブの最初のところぐらいな感じですけれども、それはそう思います。本当に小説でないと、ということを考えて。ところが、芝居書きがやるんだからという偏見を裏切ったのがいけなかったのかわからないんですけど、見事に高橋さん以外の反響がないんですよ。

高橋　小説好きには戯曲的すぎ、芝居好きには小説的すぎる。でもそれが福田さんならではの持ち味であり、強みだと思います。世界市民を夢見る「草奔無頼なり」も、つなぐ力がうごきはじめた「猿飛佐助の憂鬱」もそうです。これからもう一作、二作続いていくと、新しい時代もの、福田善之版時代小説になっていくと思っています。

福田　ありがとうございます。

高橋　ですから、時代劇が衰退をするとか、テレビ時代劇が駄目になるというのとは全く違った意味で、時代ものの意味を、映画時代劇の人も考えるべきだし、テレビ時代劇の人も考えるべきだし、演劇の人もまた考えるべきです。みんなでそこを考えていかないと、これまでの財産がすべてなくなってしまう。それが問題なので、駄目な時代劇が滅ぶのは別にいいんですけれども、その中で蓄えられてきた富みたいなものはやっぱり受け継いできたい。その意味でも、福田さんの次の作品、次の次の作品が待ち遠しいのです。

福田　一言だけ。実を言いますと、小説は、これ以上はちょっと家族にも迷惑をかけられないという感じでやめるつもりだったんです。いま高橋さんからそういうふうに言われると、困ったなというところです（笑）。

高橋　期待をしております。

福田　どうもありがとうございました。

編集部　話は尽きませんが、きょうはこの辺で。どうもありがとうございました。

ふくだ　よしゆき　一九三一年東京・日本橋生まれ。劇作家・演出家。東京大学仏文科卒業。新聞記者を経て、劇作家木下順二に師事。五七年「長い墓標の列」を発表。以後、「遠くまで行くんだ」「オッペケペ」「袴垂れはどこだ」などで六〇年代演劇の旗手として注目を集める。代表作「真田風雲録」は初演翌年に加藤泰監督、中村錦之助主演で映画化された。また、シェイクスピア作品の上演やミュージカルの演出、映画シナリオやテレビドラマの脚本も手がける。「壁の中の妖精」で紀伊國屋演劇賞、「私の下町——母の写真」で読売文学賞・文化庁芸術祭演劇部門大賞を受賞。二〇〇一年には紫綬褒章受章。劇作家として六十年目を迎えた二〇一五年、「猿飛佐助の憂鬱」の作・演出を務めた。

第二部

堅固な歴史的常識をゆさぶる

❶ 歴史時代小説の新たな起源に

『星夜航行《せいやこうこう》』

飯嶋和一 Iijima Kazuichi

新潮社（全二巻）

秀作、労作、傑作と書いて、まだ足りない。最大級の賛辞を贈ったとしてもなお、この作品が現出させた人と歴史の確かな高みにとどくまい。

雑誌連載に五年、手直しに四年、計九年が作品完成に費やされたという。

新たな試みへ果敢に、執拗に挑みつづける作家、飯嶋和一らしい。

時は一六世紀の後半から一七世紀の初頭まで。戦国時代末期の日本から朝鮮国、明国におよぶ東アジアが物語の主なステージだ。

世界分割を夢みるポルトガル、イスパニア両帝国の影響もすでに無視できないものとなっていた。

家康に弓を引いた逆臣の遺児、沢瀬甚五郎は、家康の嫡男信康の小姓となるが、家康による信康謀殺の後、出奔。座禅を組む甚五郎に、苦しむ民を救う観世音菩薩の姿が静かにおりてきた。

堺、薩摩の山川《やまがわ》港、博多、長崎と移動し、自由な交易に携わる海商人《うみあきゅうど》に成長。

しかし秀吉の無謀極まりない朝鮮侵攻と明国征服の企て（文禄・慶長の役）が、甚五郎にも容赦なく襲いかかる。

何が起きているか確かめるのが責務と語る商人に伴い朝鮮に渡った甚五郎を待っていたのは、予期せぬ、否、ひそかに望んできた生の転回だった。

権力者に踏みにじられてきた民を救うために闘う甚五郎の前に、次々と、きらめく「なかま」があらわれる――。

沢瀬甚五郎の名に、森鷗外の歴史小説「佐橋甚五郎」（一九一三年）を思い起こす読者もいるだろう。家康のもとから姿を消した甚五郎が後年、朝鮮国からの使節団の一員として家康の前に出現する話だ。

飯嶋和一は、鷗外の設定した権力者と自由人の平面的な対立の内側に、戦争の無惨さ、権力者の横暴と民の衰滅を長々と、そして深々とさしこみ立体化、歴史の個人的批評を退け歴史の破壊と創造の集団的動態を導きいれた。

物語のラストに、鷗外が呼びだした家康は要らない。

「佐橋甚五郎」が歴史小説の起源の一つだとすれば、飯嶋和一はその起源に挑戦し、内部からものの見事に破砕した。

歴史小説の新たな起源がここにある、といってよい。

❷ 戦争への疑問、制度への怒り、共生への夢

川越宗一 Kawagoe Soichi 『天地《てんち》に燦《さん》たり』 文藝春秋

戦争への疑問、自問がどこまでも堆積する。

むごい社会への怒りがふくれあがる。

人びとの共生への夢がはてしなくひろがる。

それぞれの「いまとここ」にどうしてもとどまれぬ三人が、交差し跳躍する。かくまで広びろとしてかつ深く、激しく、燦然と輝く歴史時代活劇がかつてあったか。川越宗一は本作で、和田竜、武内涼、澤田瞳子ら異才のひしめく歴史時代小説の最前衛へとおどりでた。

舞台は、一六世紀末から一七世紀初頭までの動乱の東アジアである。

島津の侍大将、大野七郎久高《ひさたか》は、肥前での凄惨な戦闘の最中、「俺はいつまでこんなことをしているのだろう」と自問する。血刀を振り回す所業は、儒学の「礼」による人の実現ではない。

朝鮮国の釜山で暮らす靴職人の少年、明鐘は日々、怒っていた。属する白丁身分は被差別民の中でも最も卑しまれていた。が、明鐘は生まれを嘆かず、「いつか、かくある世の中を引っ繰り返してや

りたい」と思う。

今の境遇を変えようと儒学を学びだした明鐘はある日、「守礼之国」である琉球国から来た快活な若者、真市に会う。彼は諸国を回る密偵だった。

三人は、秀吉の急速な台頭と統一政権の樹立、朝鮮侵攻、徳川政権の成立、薩摩の琉球侵略へ続く戦乱の時代にあるいは友情を育み、あるいは敵対しつつ、生きぬく――。

注目すべきは、明鐘と真市に郷土愛はあっても愛国主義への傾きはなく、国の形にこだわらぬことだ。既存の秩序を問い直し、時には敵を利用して内部変革を試みる。

結末には物語のすべてが流れこむ。

琉球を制圧した久高の前で、明鐘と真市はなお説く。異質な者たちが互いに認めあい、共に生きたいと願う。「礼」とは、人びとのそんな夢の結晶だと。久高も深く納得する。

人は死者の思いをも背負い生きる。

生きて自らを変更し、共生と平和に向け社会を変えつづける。

燦たるメッセージをもった作家の登場を、多くの読者と共に喜びたい。

❸ 動乱の時代の暗黒に一筋の光をみいだす

澤田瞳子 Sawada Toko

『火定《かじょう》』

PHP研究所

人びとが動き、社会が動く。

天平時代の寧楽《なら》の都が舞台の『火定』は、恐るべき疫病（天然痘）と闘う人びとの死と生のドラマである。

社会に渦巻く差別と排外の黒々とした感情との対決を人びとに迫る物語でもある。陰鬱にして荘厳な歴史時代小説といってよい。

歴史時代小説ブームが続く。英雄、豪傑人気は衰えぬものの、ブームの中心は江戸市井もの（町人もの）である。山本周五郎が始め藤沢周平へと受けつがれ、歴史時代小説の主流となった名もなき人びとの物語である。

それらは日々の喜怒哀楽とともに、変わらない生活の細部を豊かにうかびあがらせたが、半面、物語に現れる人と社会から動きを奪った。

二〇一〇年前後に登場した和田竜、武内涼、乾緑郎らは人びとの水平的関係を称揚するためにこそ、江戸市井ものからいったん離れ、動乱の時代に生きる者たちを主人公にすえる。天平時代の青春群像をえがく『孤鷹《こよう》の天』でデビューした澤田瞳子もその一人である。

天平九（七三七）年の春。病人を収容し治療する施薬院の若い役人、蜂田名代は、高熱を出して苦しむ男女を見た。出入りの薬屋は患者を見て絶叫し医師の綱手に「疫神」が来たと言う。貧民や流民はもとより権力者をもなぎ倒し、都を死屍累々の地獄へと変える疫病と施薬院との、凄絶な闘いの始まりだった――。

無実の罪で獄舎に繋がれていた元侍医の猪名部諸男は、疫病の恐ろしさを熟知するも、復讐心から「みな死んでしまえ」と思う。囚人仲間の宇須がでっちあげた病平癒の常世《とこよ》常虫《とこむし》なる神さまの流布に加担。疫病は新羅から来たと、宇須が信者を異国人狩りに扇動してもなお、破滅を願うが…。

物語は生への希求と、死と破滅への暗い願望の両極を示しながら、やがて惨憺たる死の地獄でこそ輝く一筋の生の光をみいだす。それが「この世の業火に我が身を捧げる」、「火定」なる行為だ。

危うい動きにはてしなく傾斜する今に抗う、新たな歴史時代小説が誕生した。

❹ おどろきの転倒が次つぎに

馳 星周 Hase Seishu

『比ぶ者なき』

中央公論新社

おどろきの転倒が次つぎにくる——。

すぐれた歴史時代小説のもたらす快楽は、堅固な歴史的常識の転倒による。

わたしたちを現在や近過去から縛る常識という枷《かせ》でなく、はるか遠い過去から縛るそれを明らかにし、容赦なく問い直すこの物語が、興味深くないはずはない。

ノワール（暗黒）小説のベテランが、初の歴史時代小説に挑戦した。

ここには、飛鳥から奈良時代の重臣で、比ぶ者なき異才藤原不比等（６５９～７２０年）の積極的に関与した、比ぶものなき巨大な「常識」の創出が、執拗にえがかれる。

６８９年、草壁皇子が死んだ。子の草壁に王位をと願う大后（後の持統天皇）のもとで必死で働いてきた史（後の不比等）も無念だった。

この時から、草壁の子である軽を大王にしようとする大后と、藤原家を皇室をも飲みこむ最高権力にするという野心を秘めた史との、危ういバランスの共謀がはじまった。

有力氏族との合議で政を行う従来の大王のあり方を変えること。大王の権威を高め、女帝を正当化し、さらにその孫への譲位を正当化する。それには律令の制定とともに、「王家は触れてはならぬ神だとみなに信じ込ませる」ための神話と帝紀が必要と史は考えた。

知の伝達者である渡来人たちと歌人柿本人麻呂の言葉の才によって、新たな言葉＝観念が創出された。後の『日本書紀』にながれこみ、天皇の神格化をはかる「天照大神」、「高天原」。そして初代天皇の「神武天皇」、「万世一系」、さらには「聖徳太子」まで。

今に至ってなお神話を超え歴史とされているものの仮構性が、次々と暴かれていく――。

歴史家大山誠一らの最新の学説を摂取しつつ、物語のトーンはやはりノワール調だ。

謀略、裏切り、ときに謀殺もいとわぬ冷酷、冷徹な権力者の生涯は、『日本書紀』由来の常識を暗く彩り、今また騒がしくなった天皇制をめぐるもろもろの常識を問い直すよう求めている。

❺みなが対等な仲間、難事を楽しむ仕事人

犬飼六岐　Inukai Rokki

『黄金の犬　真田十勇士』

角川春樹事務所

真田といえば、真田三代でも、真田昌幸でも幸村でもなく、もちろん真田丸でもなく、「真田十勇士」という人はけっこう多い。

わたしも「真田十勇士」好みのひとりである。権力をめぐる血で血を洗う惨劇が連鎖し、策謀と裏切りの渦巻く「戦国もの」にあって、ほとんど唯一ともいうべき自由と協同のいきいきとしたイメージがそこにはあるからだ。

猿飛佐助、霧隠才蔵をはじめとする異形の者たちの縦横無尽の活躍は、明治末年から大正期にかけて続々と刊行された講談本シリーズ「立川文庫」を初舞台にしている。自由と協同を願う大衆の夢の結実こそ、「真田十勇士」ではなかったか。

「筋のとおった話は、とにかく虫が好かねえ」が口癖の旗本の三男坊を主人公とする『筋違い半介』でデビューした時代小説界の素敵な横紙破り、犬飼六岐もまた生粋の「真田十勇士」好きといってよい。半年前に『佐助を討て』で「真田十勇士」ものをはじめた犬飼は、はやくもその第二弾ともいう

べき本書を書き下ろした。

物語の冒頭近くで勢ぞろいした十人は、「いずれも上下の間柄ではなく、かつまた上下を認める連中でもなく、みなが対等な仲間である」と紹介される。

これぞ「真田十勇士」の神髄である。

難しい仕事であればあるほど楽しんでしまうこの十人の仕事人仲間が、家康の勢いを削ぎ、迫りくる「大坂城夏の陣」を防ぐという難事中の難事に果敢に挑む……。

こうした物語設定は、おのずと「真田十勇士」から「真田」をとりさってしまう。身分の上下を認めぬ者たちにとって、幸村への忠義などあろうはずがない。

従来の「真田十勇士」物語から虚構を剝ぎとり、仲間たちの豊かで新たな物語へ。筋違い好みの作者ならではの快作といわねばならない。

❻ むやみに戦わない、鍋蓋持った剣豪がゆく

風野真知雄 Kazeno Machio 『卜伝飄々《ぼくでんひょうひょう》』 文春文庫

なるほど——卜伝、飄々か。

無手勝流つまりは戦わずに勝つことを実践したといわれる塚原卜伝（一四八九年〜一五七一年）には、とらえどころのない飄々とした印象がある。

それでいて、上泉信綱や伊東一刀斎とならぶ戦国時代屈指の剣豪である。

ふつうなら矛盾することがなんなく両立してしまうところに、卜伝の凄さも、おもしろさもあるのだろう。

作者風野真知雄は、こんな飄々とした剣豪像を、老年の卜伝にみいだす。

三度目の長い旅にでたばかりの卜伝は、六〇歳を疾《と》うに超えていた。修行一筋の旅でも、名声に頼る旅でもない。卜伝は、いよいよ「塚原卜伝」がわからないのだ。偉いのか強いのか、こんな生き方でよかったのか。もはや生きているのか死んでいるのかさえ、はっきりしない。にもかかわらず突如、月を斬ってみたいなどと不可能事を切望する。また、なにからも学び新たな剣技を創りだそうと努力

に努力をかさねる。

円熟や達観や自足から遠い矛盾のかたまりのような卜伝は、悩める若き将軍足利義輝や稀代の策士松永弾正らを惹きつける。が、卜伝はそこにも留まるわけにはいかぬ……。

物語の最初に卜伝と接した五助は、やがて講釈師となって卜伝を語る。「無駄な戦はしない。もし、戦うときは、できるかぎり相手のことを探り、事前に準備もし、向かい合うとき、すでに卜伝さんは勝っている」。「勝ちもせず、負けもせず、適当なところでおさめる。どちらも傷つかずに済んだりするだろう。そもそもむやみに戦わない」。苛立ち聞くのが血気盛んな若き宮本武蔵なのは興味深い。

物語のラストは、八〇歳を過ぎて四度目の旅にでる卜伝、刀の代わりに鍋の蓋一つもった卜伝をとらえる。

武器を捨て争いを解決する老爺。

卜伝飄々――ここに極まれり。

❼ 最大不幸は権力の横暴、中年男が再起する

諸田玲子 Morota Reiko

『破落戸《ごろつき》 あくじゃれ飄六』

文春文庫

飄六のことなら、もう、素通りできない。

本コラムの第一回でとりあげた作品は、「あくじゃれ飄六」シリーズ第一弾『こんちき』だった。コラムの書き出しが甦る——時代小説のことばは、たっている。くっきりと鮮やか、端的で平明、太くつよく、とりかえようのないたしかさで……。

あれから早や十年。シリーズは五作目となり、小悪党飄六も若き日の撥剌とした飄六にあらず。しかも、飄六に容赦なく襲いかかったのは時間ばかりではない。

身辺で連続殺人がおきた。友が関係するかもしれぬという思いをふりきり、旧知の町方同心篠崎弥左衛門に情報をもたらす。「善人でもねェおいらが言うのも口はばったいが、悪事は悪事だ。見て見ぬふりをすれば、またぞろ酷い目にあう者が出る」「ふむ、おぬしも悔いあらためたようだの」「そうじゃござんせん、不幸ってもんが、他人事じゃァなくなったんでサ」

大火で恋女房お袖を失い、度重なる仲間とのむごい別れに、生きる気力を失い薄暗い世界へ隠棲し

たものの、飄六は人の不幸にはかえって敏感になっていたのだ。

そんな飄六は、悪辣な手段を駆使し改革を断行する老中水野越前守と南町奉行鳥居甲斐守こと妖怪の、人びとを苦しめるだけの所業に無関心ではいられない。

人びとを操る対象としか考えぬ権力者の横暴は、いつの時代も、不幸を人びとの不幸へとおしひろげてしまう。

飄六は、妖怪一派と闘う勢力に、弥左衛門とともに力を尽す。

勝ち目のない苦しい闘いも、続ければ報われる。水野と鳥居のあいだに亀裂が走って一派は自壊。飄六にあらたな恋もはじまり、物語の結末には、飄六の明るい声が響く。「おーい、破落戸ども、集まれ——ッ、好きなだけ酒をふるまってやるぞーッ」。

やはりわたしは、飄六を素通りにはできない。

❽ 苦難に鍛えられた、平和への志

火坂雅志 Hisaka Masashi 『天下 家康伝』

文春文庫（全二巻）

稀代の突破者織田信長ではなく、人誑《たら》しの天才豊臣秀吉でもない。清新苛烈な戦国歴史小説で鳴らす火坂雅志が、自らの最期を予期するかのように、人の生涯を親しく眺め渡すのに選んだのは、待ちと忍耐の人にして地味の巨魁、徳川家康だった。

巻末のエッセイ「『天下 家康伝』の連載を終えて」で火坂は書く。「家康は同時代を生きた織田信長や豊臣秀吉に比べ、けっして派手な存在ではない。しかし、その後の日本の歴史に及ぼした影響、事績を考えれば、家康は現代では過小評価されているように思う」。

ときには伝奇的要素を織り交ぜ、歴史および歴史観の書き換えに挑みつづけてきた火坂に、この過小評価は長く気がかりだったろう。それが個々人の評価をこえ、戦国時代のトータルな意義に及ぶとすればなおさらだ。

物語は元和元年（一六一五年）、人生最後の大仕事を終えた家康の、隠居屋敷で水を愛でる穏やかな日々からはじまる。そんな家康に五十年も前の戦陣の喚声、血の臭い、喧騒が甦った——。

三河一向一揆勢との凄惨な戦いから、憧憬の念を抱く武田信玄との対峙へ。何事にも即断即決で臨む信長と組む幾多の戦、本能寺の変、伊賀越え、秀吉との争い、そして関ヶ原の戦いへ。一人ひとり、物語の主人公になってきた武将たちが、一瞬、表舞台にあらわれ、すぐに退場する。戦国という動乱の時代の煌めきと暗黒が、綺羅星のごとき人びとをとおして連鎖する。

次つぎに襲いかかる苦難、危機を前向きにとらえ、「民が槍や剣ではなく、鋤鍬を手に取って安んじて田畑を耕せるような国を作りたい」という志を家康は貫いた。「天下は一人の天下にあらず、天下は天下の天下なり」なる家康の言葉は、苦難に鍛えられた平和への志にかかわる。『天地人』、『軍師の門』、『真田三代』など、一作ごとに戦国ものの新たな世界を切り拓いてきた火坂雅志最後の到達点が、家康の生涯に託され本作には鮮明に示されている。

❾ 民の平和実現への願い、若い仲間の伝奇活劇譚

武内 涼 Takeuchi Ryo

『魔性納言 妖草師』

徳間時代小説文庫

突然こんな情景へひきこまれる。

「夏の白昼の森はなまなましい暴の気が横溢する。／一転――夏の、夜の森は、凄まじい鬼気が、満ち溢れる。黒々ともだえるアラ樫や、椎の梢の一つ一つや、奇怪なシダ植物の葉の一枚一枚に、幽鬼や魑魅魍魎、妖の虫が、こびりついているような気配で、溢れ返る」。

常識をはずれた異なる人物、異なる光景、異なる趣向が時代伝奇小説の愉しみだとしても、事件を追い足を踏みいれただけの夏の夜の森が、これだ。次になにが起きるのか予測もつかず、わたしたち読者に心地よい緊迫感をもたらす。武内涼「妖草師」シリーズの最新作『魔性納言』である。

シリーズ第一作『妖草師』は徳間文庫大賞を受賞。第二作『人斬り草』を加えて、『この時代小説がすごい！　2016年版』で、文庫書き下ろし時代小説ランキング一位を獲得した。風野真知雄、辻堂魁、金子成人らベテラン勢を制しての受賞は、この新鋭が時代小説ブームの新たな牽引車として認知されたのを告げる。

江戸中期の京をステージに、人と社会に災いをなす奇異な妖草と闘う、若き妖草師庭田重奈雄とその仲間たちの伝奇活劇譚である。

妖草が今を生きる人間の心の闇を苗床にし、さまざまな災いをもたらすことから、妖草との闘いは、社会的な闇の勢力との闘いへと発展する。絵師の曾我蕭白や池大雅をはじめ、平賀源内、与謝蕪村など、本作では上田秋成が独自の知見と能力と技をもちより、重奈雄と一緒に闘うことになる。

若い公卿たちの討幕運動を背景とした本作では、重奈雄の垂直的な権力への嫌悪と、民の平和実現への願いがはっきりする。

あるインタビューで作者は、三作でシリーズは完結と答えている。本作でいっそうのひろがりと深さを獲得したシリーズの継続を、わたしは切望する。

⑩ 超異形の捕物帳、おなじみなのに新鮮

あさのあつこ Asano Atsuko 『地に巣くう』 光文社時代小説文庫

おなじみのはず、だった。

時代も町も、登場人物の仕草も表情も、それぞれの決め言葉も、みんな、みんな。

時代小説のもたらすおなじみ感、安定感か。捕物帳シリーズの第六作ならなおさらだ。薄気味悪い騒々しさで政治も社会も悪しき方に落下していく近年、反骨の主人公を擁するシリーズもの時代小説が大人気なのは当然だろう。

この作品はちがった、という思いが、読みだしてすぐせりあがってくる。

北定町廻《きたじょうまちまわ》り同心、小暮信次郎。岡っ引きの伊佐治、小間物問屋主人、遠野清之介。おなじみの人物たちなのに、おなじみなんて印象はたちまち消し飛び、今はじめて接する人物のごとき暗く激しい初々しさで迫ってくる――。

思えば、すぐれたシリーズものなら、停滞としてのおなじみ感を打破する物語の新鮮な仕掛は毎回かならずあり、それがシリーズを可能にする。あさのあつこの『弥勒』シリーズでは、新鮮な仕掛は

もちろん、なによりもまず主人公三人の底知れぬ内面と、容易に相槌をうたぬ矛盾と葛藤にとむ関係が禍々《まがまが》しくとぐろをまき、ときに螺旋状に物語を前に進め、過去へと向かわせる。

小料理屋からの帰り道、信次郎は足の不自由な老人に襲われた。「怨み、晴らさせてもらうぜ」と匕首をふりまわす男を、信次郎が取り押さえようとした瞬間、何故か目が回り腹を刺された。その夜何者かに川に突き落とされ殺された男の過去から、信次郎の父である右衛門の悪行がひきずりだされる。右衛門を好きだった伊佐治、父を斬り武家から離れた清之介が、信次郎とともに事件を追う。

「人ってのはつくづく、わかんねえものだな」、「人ってのはおもしれえ」。伊佐治の決め言葉を信次郎が語り、言葉に新たな生命を吹き込む。超異形の捕物帳である。

⑪最後の浮世絵師たち、至福の思いが噴出する

梶よう子 Kaji Yoko 『ヨイ豊《とよ》』 講談社文庫

最悪の事態こそ最高の舞台だ。

汚泥に深紅の花を咲かせ、漆黒の闇に一筋の光をみちびきいれる。起伏を糧とする物語が躍動し、暗いかがやきをはなつ、反転の瞬間である。が、これをつくりだすのはじつにむずかしい。文学的腕力はもとより、明確な思想、世界観が求められる。そして、くりかえしはきかない。

梶よう子は本作品『ヨイ豊』で、そんな一回きりの実現をみごとにはたした。しかもその実現が、江戸最後の浮世絵師ともいうべき、四代目歌川豊国（清太郎）の苦難と悦びの生涯をふまえることで、作者みずからの「表現」へのつよい思いの表出となっている。

物語はすでに終わりに近く。画室で倒れ死に瀕した清太郎のこころに、若いころ芝居茶屋で聞いた絶世の歌舞伎役者、團十郎のつぶやきがよみがえる――楽しいけど、苦しいよねぇ。「画を描くのは楽しいが、苦しかった。／だが、やっぱり楽しかったぜ。（中略）なんのためかなどと、問うのは野暮だ。／描いて描いて、描き倒して――。／飽きられて、捨てられて、また描く」。そして、清太郎は、

最良のライバルでありつづけた八十八（国周）に、とことん描けと励ます。

「ヨイ豊」すなわち、絵は三代目豊国にはるかに劣るとみなされ、卒中で右手の自由を失ってからは左手で書き「ヨイヨイ豊国」とあざけられた晩年の清太郎の、最後のそして至福の思いの奔出だ。この瞬間、「ヨイ豊」はそのまま「良い豊」にとどいたにちがいない。『ヨイ豊』とはなんとも潔いタイトルではないか。

幕末から明治へ。急転する時代は、江戸でこそ豊かに花開いた浮世絵を踏みつぶそうとする。清太郎、八十八、芳年、芳幾ら、最後の浮世絵師たちそれぞれの光芒を、物語はみごとにとらえた。

⑫ 常軌を逸した醍醐味、言葉を発しない浪人者

鈴木英治 Suzuki Eiji 『無言殺剣 大名討ち』

徳間時代小説文庫

こんな表現、今まであったたか。

「横山佐十郎の体に力が満ちはじめた。それは、剣術の心得がない者にもはっきりわかるだけの力強さがあった。大気が重みを増す。まるで目に見えない天井が下がってきたかのようだ」。小笠原家上屋敷、将軍の御前試合で、将軍はもとより、老中、対戦する土井家と久世家の家臣がずらりと並ぶなかで出来した、おどろくべき急変である。この時空を圧するすさまじい力の前では、たとえ将軍であろうと無にひとしい——。

『無言殺剣 大名討ち』という不吉なタイトルに魅せられ読みはじめるや、すぐにこれである。わたしは満足するとともに悔やまないわけにはいかなかった。

鈴木英治はシリーズもの時代小説を代表する作家のひとりである。すこし目をはなせばたちまち、続篇が次々とつみあがり、容易に手をだせなくなる。こうした読者にとって、今回のような版元を移してのシリーズ再刊はありがたい。

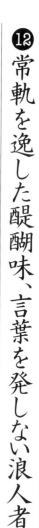

さっそく手にとったが表現はもとより趣向、情景、場面転換、ユニークな人物、そして物語のど真ん中を滔々《とうとう》と伏流する武家秩序への怒りと暗い破壊衝動など、常軌を逸した醍醐味が目白押しなのである。

さて、のっけから読者の脳裏一杯にひろがる横山佐十郎も、主人公にはかなわない。一言も言葉を発しない美形の浪人者、人呼んで音無黙兵衛が物語の主人公なのだ。

なぜか心惹かれて黙兵衛の言葉を察する若いやくざ者、その父で大名暗殺を心待ちにする親分、暗愚な大名に出世を願う家臣、その他が織りなす地獄絵。

物語のラスト、まるでスローモーションで優雅な舞をみるかのような、延々続く佐十郎と黙兵衛との死闘は、異なる物語にうってつけのクライマックスというべきか。第二弾『火縄の寺』が今から待ち遠しい。

⑬ 激動の時代をくぐった、あきらめない男

伊東 潤 Ito Jun

『鯨分限《くじらぶげん》』

光文社時代小説文庫

負けても負けても、あきらめない。

否。負ければ負けるほど、いっそう闘志を燃やす。

「わがらはだいにも負けとらん。勝負はこいからや」、「博打は勝つまで続けるもんさ」。物語の終わりになってもなお、この男の執念は燃えさかる——伊東潤の『鯨分限』の主人公、紀州の太地《たいじ》で捕鯨集団を率いる太地覚吾だ。

あきらめない。逃げない。負けない。挑みつづける。従来の日本人像にあっては破格な人物が、時代小説では最近めだつようになった。長く逆境の時代がつづき、政治は理不尽さの極みへとつきすすむ。もはや引くに引けないところまで来たわたしたちの反転願望が、そこにはかかわっているのか。

しかし、それにしても、太地覚吾が次つぎと直面した困難は、桁外れに大きい。井原西鶴『日本永代蔵』にも分限（金持ち）一族としてえがかれた太地家の、八代目当主である。家のため村人の生活のため、背負う仕事と責任は並みではない。これに幕末から維新という激動の時代がくわわる。

鯨の数が激減し不漁がつづき、米国捕鯨船の乱獲がそれに追いうちをかけた。安政南海地震と大津波は太地のほとんどすべてを破壊した。進まぬ資金調達。鯨の多い蝦夷地での操業の夢は遠のく。第二次長州征伐への従軍……。

しかし、これらの困難、難局も明治一一（一八七八）年暮れに起きた捕鯨中の海難事故、一〇〇人を超える犠牲者をだす「大背美流れ《おおせみながれ》」の暗い序曲でしかなかった。

作者伊東潤は、大胆にも物語の「現在」をこの事故にあわせた。陸にいて暗い海を見守り、救助に奔走し、死者を一人ひとり想う覚悟だけがこの最大の難局をのりこえられる。

物語が覚悟に課した過酷な試練こそ、作者から覚悟への最大級の励ましといってよい。

⑭常識の変更に向かう、闇の中の一瞬の輝き

小嵐九八郎 Koarashi Kuhachiro

『鬼の花火師　玉屋市郎兵衛』

宝島社文庫（全二巻）

花火大会、といえば今、文学好きなら又吉直樹『火花』冒頭での熱海の花火大会をまっさきに思いうかべよう。

巨大な花火を見ようと道を急ぐ人びとに、マンザイの小さな火花をつきつける。常識への抗いがのっけからあらわれ、さまざまなエピソードで変奏されるこの作品はたしかに興味深い。

しかし、常識への抗いは純文学の専売特許ではない。「ご存知」という常識がならぶ歴史時代小説は、常識の一大容器であるとともに、常識との抗いの宝庫である。

隅田川の花火からはじまる『鬼の花火師　玉屋市郎兵衛』は、花火に歓声をあげる人びとから離れる男をクローズアップする。「老いさらばえた男が、三十万四十万、それ以上か、人だかりに背を向け、歩みはじめた」。

男は老いゆえに、常識との抗いを放棄したのか。いな。抗いどころか、花火という常識自体を実際に変更しつづけた男は、老いてなお今の常識をひっくりかえす夢を捨てていないのだ。

浅間山火口に近い村の百姓の倅、友之助（後の市郎兵衛）は十四歳で、浅間山の大噴火と、女への狂おしい欲望の爆発とに直面する。

故郷をあとにした友之助は、たちまち飢餓のどんぞこになげこまれ、殺し、火放《ひっ》けをくりかえし、一揆の暴動を指揮する。

そんな生の暗黒のなかで友之助をふるいたたせるのは、浅間の大焼けをこえる花火の、自らの手による創出だった。

江戸に出て花火の新興勢力玉屋、ついで老舗の鍵屋に奉公し、わきめもふらず己の理想とする花火の実現にむけ、悪行のかぎりを尽し、ひたすらつきすすむ——。

打ち上げ花火を創った玉屋三代目の超型破りの一代記である。

二〇〇六年に刊行された大作『悪たれの華』の文庫版である本作品、『火花』の何万倍もの光と、それゆえの深い闇を蔵する、まことに驚嘆すべき物語といってよい。

⑮ 血なまぐさい滑稽譚、美食大食いの母の為

柴田錬三郎 Shibata Renzaburo 『御家人斬九郎《ごけにんざんくろう》』 集英社文庫

山周といえば山本周五郎。そして柴錬は、もちろん、柴田錬三郎。

歴史時代小説の歴史において読者が、愛着および畏敬の念をこめ愛称で呼んだ作家はきわめて少ない。池正や藤周はないし、山風も五味康もない。一番ありそうな司馬遼がないのは、柴錬の二番煎じに感じられてしまうからか。

柴錬ワールドの異彩さは、なんといっても虚無の底で妖剣をふるう眠狂四郎の、永い長い彷徨にきわまるだろう。戦前の机龍之助からつづく虚無の彷徨を、戦後に眠狂四郎が静かな狂乱でひきうけた。ただし、柴錬でもう一人、突出するキャラクターがいるのを忘れてはならない。御家人斬九郎――晩年の柴錬がつよいこだわりをみせた連作小説の主人公だ。

斬九郎、本名松平残九郎。徳川家康と家祖を同じくする大給《おぎゅう》松平家の末裔だが、御家人でも最下級の三十俵三人扶持の貧乏侍である。

これでは食っていけない。直参に内職は許されていないものの、選んだ内職が「仕事」と称する首

切りというのが凄まじい。諸大名、旗本大身、または大きな商家で、罪を犯した者が出たら、表沙汰にせず処置した。斬九郎はこの介錯を仕事にしていた。

食うために人の首を落とす。しかも食うのは斬九郎だけではない。家門の誇りを礼儀作法で厳然と示す七十九歳の母、麻佐女は、とてつもない美食家で底なし大食いなのだ。

遊んでいたい斬九郎は「くそ婆あ！」を連発して、仕事をせかす母と始終衝突。金を得た斬九郎は吉原に居続けるのだが——斬九郎は麻佐女の小鼓の音色を深く愛していた。

人物、境遇、人間関係、仕事すべてが深刻なちぐはぐさから、血なまぐさい物語には終始、滑稽感がただよう。

権威、権力が大嫌いで、案外人間好きな斬九郎の深刻なる滑稽譚を、柴錬の新たな読者に薦めたい。

⑯己だけの刀をめざす、表現者の強烈な思い

山本兼一 Yamamoto Kenichi 『おれは清麿』 祥伝社文庫

清麿は刀工の純粋無頼派か。

江戸幕末期一の刀工と言祝がれる源清麿（一八一三年〜一八五四年）は、なにものにも縛られず自由な環境をもとめ、ただ、古今東西誰の刀にも似ない己だけの刀をめざすことに生涯をかけた。

清麿の生涯が、安定や成熟、達観や老成にむすびつかず、あまりに早く凄惨な最期をひきよせてしまったとしても、それは清麿みずからが熱烈に望んだことだった。

幕末の激動期を短く太く駆けぬけた清麿の生涯を、端的に「おれは清麿」とあらわす。まことに潔よく、清々しいタイトルだ。

若き日の清麿（正行）は、よき後ろ盾となる軍学者の窪田清音に言う。「武士にとっては刀は道具でしょうが、わたしにとりましては、わたしそのものでございます。わたしの中にあふれている志を込めて鍛えたいと存じます」。清音が「志とは……？」と聞けば、正行は即座に「強く、まっすぐに生きることにございます」と答えた。

信州小諸藩赤岩村の郷士の家に生まれた山浦正行は、九つ上の兄の真雄から鍛刀仕事の手ほどきを受けると、すぐさま作刀に魅せられた。兄に褒められた短刀をじっと見ていると、正行の胸にさざ波が立つ。「――これを、おれが作ったのだ」。

しかし、強烈な自己肯定は、容易に自己否定につながる。

「おれの刀」はすぐに色褪せ、よりよい「おれの刀」を求めさせる。

江戸、松代、長州、そしてふたたび江戸へ。「同じ刀は鍛えたくない。一振りずつ必ずよくしていく」という思いは、正行を清磨へとおしあげるとともに、過酷な運命を課した。自死とみなされる凄絶な結末も、「おれの刀」への思いゆえだった。

「おれは清磨」はそのまま「おれは兼一」である。昨年急死した作者の表現者としての心意気が直接つたわる作品といえよう。

⑰茶会がはりつめた静けさの場となった

『山月庵茶会記《さんげつあんちゃかいき》』

葉室 麟 Hamuro Rin

講談社文庫

静かな、まことに静かな物語である。武家社会をステージにしながら、かくまでに静かな物語もめずらしい。

ただし、その静けさは、裡《うち》にいくつもの葛藤をかかえ、大爆発をおこしかねない波乱をかかえこむがゆえの、はりつめた静けさなのだ。

作者葉室麟は、これまでも緊迫感みなぎるミステリータッチの時代小説を多く書いてきた。本作はそんな趣向がとくに活かされた作品である。

タイトル通り物語は「茶会」を主な舞台に展開する。茶会について主人公柏木靭負《ゆきえ》は言う。「茶の湯とはせんじ詰めれば茶を飲み、ひとが和することだ。ひとの和を乱そうとする者は茶人の敵だ。わたしは茶人として敵と戦わねばならぬ」。茶会がはりつめた静けさの場とならぬはずはない。

柏木靭負は、九州豊後鶴ケ江の黒島藩へ、十六年ぶりに帰ってきた。かつて藩で勘定奉行を務める実力者だった靭負は、三十六歳で妻の藤尾を亡くしたうえ政争に敗れ、家督を養子の精三郎に譲ると致仕して京に上った。表千家七代如心斎に師事し、孤雲と号した。江戸で茶人としての名を高めた靭負の突然の帰国は、藩内の関心をよんだ。

靭負は、城下のはずれにある柏木家別宅に小さな庵をむすび、山月庵と名づけた。

十六年前、藩の大任を果たし江戸から帰国した靭負は、最愛の妻藤尾が不義密通をしているという噂を聞いた。派閥の争いで劣勢に立たされていた靭負は苛立ち、藤尾を問いつめて、平手打ちにした。翌朝、藤尾は「悲しきことに候」の言葉を残し自害していた。

靭負は旧友の又兵衛に言う。「わたしは十六年前、嫉妬にかられてひととしての心を見失い、藤尾を死なせた。(中略)ひとの心を取り戻さねばならぬ、と思い定めた。それゆえ帰ってきたのだ」。

靭負の背後には、十六年もの長い、悲しみと苦しみの暗澹たる道がつづいていたのである。

藤尾の死の真相を尋ね、靭負は茶会に、かつてかかわりがあった者たちを次つぎに招き、静かに問い糺す。靭負のつよい思いによって茶会は、出来事が解明される場であるとともに、人の心と人の心との葛藤、衝突、そして和解の場となる。やがてそこに藩主が登場、藩の秘事の全貌は明らかにされ、藤尾の靭負を思う心もまたはっきりとうかびあがる――。

藩政の闇をめぐる緊迫のミステリーが、静かで重厚な人間ドラマとなる、葉室麟ならではの物語といってよい。

⑱ 退場もまた忍者らしく、陰に始まり陰に終わる

戸部新十郎 Tobe Shinjuro

『最後の忍び 忍者小説セレクション』 光文社時代小説文庫

全篇、「最後」の意識にひたされている。最後の匂いがただよい、最後の色がみえかくれし、最後の旋律が静かにながれる。

「忍びが忍びらしい仕事をするのも、これがたぶん、最後になるかもしれぬ」(「越ノ雪」)。加賀藩の豪商銭屋五兵衛の抜荷買いを探る幕府の隠密惣兵衛は、若い矢介にそう言う。「われらが代々、ひそかな修行を重ねてきたのは、いったいなんのためだ。城を探り、敵を斃《たお》す、そうではないのか。が、もはやこの世に探るべき城もなく、斃すべき敵もなさそうだ」。時はすっかり変わり、武闘派の忍びはもはや必要でなくなったのだ。

時の推移と社会の変容――すなわち歴史は、なさけ容赦なく人を襲い退場をせまる。しかも、ここでは歴史の「陰」でうごめく忍びである。忍びの活動が陰で始まったように、最後もまた人知れぬ陰においてである。そんな最後にのぞみ、忍びらしさはただ、わめかず、叫ばず、無念をのみこんで消滅することにのみ発揮される。

相州《そうしゅう》乱破《らっぱ》として北条家に仕えた風魔一党の頭領小太郎の最後をとらえた「金剛鈴《こんごうれい》が鳴る」から、伊賀組同心のストライキをえがく「身は錆刀」、忍びのはるか上をゆく策士、老中本多正信をめぐる「忍の道茫々」などへ、そして、伊賀者の幕末を活写した「かたしろの甍」までの九篇。いずれも短篇だが、じつに読みごたえがある。

剣豪小説および忍者ものの重鎮としてならし、二〇〇三年に惜しまれ亡くなった戸部新十郎の文庫オリジナルでの再登場を、わたしはおおいに歓迎したい。

軽量級の書き下ろし時代小説文庫全盛の時代に、あえて「古典、準古典」を刺しこみつづりる光文社文庫の試みは、時代小説の過去と現在の協同をうながし、未来の新たな時代小説を招きよせるにちがいない。

⑲再生へのつよい希求が、人と人とをつなぐ

杉本章子 Sugimoto Akiko

『起き姫 口入れ屋のおんな』

文春文庫

ここでは、すべてがゆっくり、少しずつすすむ。楽しみも悲しみも、不幸も幸も、そして死までも。あまりにゆっくり少しずつなので、人はともすれば気づかない。

日々の生活をステージにするそれらをとらえ、くっきりとえがいて、ドラマのたしかな起伏をつくる——時代小説で「武家もの」とならびたつ「市井もの」の世界だ。

厳格な秩序を剣が切り裂く迅速、急転、決着の物語である「武家もの」にはない、人びとの生のにぶい、まことににぶいかがやきが「市井もの」にはあふれる。杉本章子の久しぶりの作品『起き姫 口入れ屋のおんな』は、そんな市井ものの傑作である。

「起き姫」とは、福島県の三春町に古くから伝わる小さな起き上りこぼし。震災後、ある雑誌でこの人形を知り、また、別の雑誌の投稿欄で「人形と同じように故郷も起き上がってほしい」という願いを読んだ作者は、三春から取り寄せた。倒れては起き上がる鄙《ひな》びて可愛らしい人形は、物語の随所で

主人公おこうはもちろん、苦境にたつ登場人物たちをはげます。しかもおこうが営むのは三春屋。時代小説が、三・一一以後の再生への希求をみごとにひきうける。

亭主の浮気によるごたごたから婚家をでたおこうが、実の父親の想い人の営む口入れ屋をひきつぐ「錐大明神」にはじまり、大店亀屋の主人友二郎とむすばれたおこうは、人と人とをつなぐ口入れ屋を信頼する女に託す「満ち潮」までの七篇。下男に女中、飯炊きなどの奉公先を世話する口入れ屋は、ときにお妾の周旋もする。そんな三春屋に、各々の苦境をかかえやってくる老若男女一人ひとりの物語は、来し方行く末が周到にかきこまれ、まるで「大河小説」の趣きをささえただよわせる。市井ものならではの充実感がえられる作品といってよい。

優れた市井ものは、普通の人誰もが主人公となって、豊饒な「大河小説」にとどく――。

⑳石田三成像の転倒、一筋の希望を未来へ

岩井三四二 Iwai Miyoji 『三成の不思議なる条々』 光文社時代小説文庫

常識の転倒――歴史時代小説の醍醐味はまず、ここにある。

もちろん、常識そのままの羅列などありえない。現代小説だって多かれ少なかれ常識との抗争である。しかし歴史時代小説の常識となると、根は深く想像をこえてひろがっている。数百年はざらでときには千年来の常識もある。

その転倒だ。

驚き、訝り、慌てるが、その動揺はやがてここちよい快感にかわる。世界が新たなステージへと更新された、とたしかに感じるからだろう。

岩井三四二は、歴史時代小説界のベテランなのに大家然としたところがなく、常に新たな趣向のもと、常識の転倒を追求する頼もしい作家である。タイトルからはいつも、常識外しの感触が伝わる。不思議なタイトルの本作も例外ではない。しかも今回の常識の転倒対象が、秀吉の虎の威を借る狐、傲慢かつ横柄で人望がない、関ヶ原の戦いで西軍を負けに導いた愚者など、従来悪評ばかり目立つ石

田三成と告げられる。

関ヶ原の戦いから三十余年。ある筋の依頼で一人の町人が、どうして戦いになったのか、三成はどんなやつだったかを、東西両軍の生き残りに聞いてまとめる短い旅にでた。江戸ではほぼ悪評の上塗りだったが、上方にくると微妙に空気がかわる。「世間の者が重きを置くものを軽く見て、軽く見るものをむしろ大切にするっちゅうか。変わり者、いうのかなあ」。世間から外れる三成に悪評は当然。やがて、威厳はないが堂々とした三成と腹黒い家康が人の記憶にあらわれるころ、一族滅亡とされていた漆黒の廃墟から、実際は生きのびた子どもたちの後姿が一筋の希望のごとく未来へのびる――。

ラストには「わぁにいい夢、みさせてけ」という言葉がひびく。

読者もまた確実に、世界がわずかに更新されるいい夢をみるにちがいない。

㉑移動する用心棒が二人、二次創作の楽しみかた

鳥羽 亮 Toba Ryo 『用心棒血戦記 奥羽密殺街道』 徳間文庫

いったい今ここで何が起きているのか――若い編集者はしきりと首を傾げる。書き下ろし時代小説文庫を大量にだしている出版社にいながら、ブームの理由がわからないという。疑問と危惧が半分、興味と期待が半分のようだ。

月に百冊も稀でなくなった時代小説文庫（文庫オリジナル版も含む）の大流行だが、次つぎに新たな作家、作品がうまれているのではない。むしろ決定的に新たな作家、作品が不在ゆえの活況だろう。山本周五郎、山田風太郎、司馬遼太郎、池波正太郎、藤沢周平、隆慶一郎など、時代を画した巨匠が消えた大空位時代の「二次創作」ブームではあるまいか。

巨匠たちのうみだした物語やキャラクターを引き継ぎ変奏させて、ともに楽しむ。作家と読者の垣根が著しく低い作家と読者の愉楽の共同体。マンガやアニメの二次創作ブームが、キャラクターの鮮明な歴史・時代小説にも及んだのかもしれない。

本作品は、「用心棒血戦記」シリーズの第三弾である。幕府の隠密で主人公の葵十三郎は『用心棒

日月抄』の青江又八郎。豪放な相棒の神林弥五郎は細谷源太夫。密かに情を通じる御庭番のゆきは佐知。ユーモラスな茂平は口入屋のあるじ吉蔵。藤沢周平の懐かしいキャラクターたちがあらわれ、異なる境遇と過酷な物語を生きる。

ここに、豪胆かつ凄惨な剣の世界をえがく手練《てだ》れ、鳥羽亮のバイアスがかかれば、舞台はたちまち「血戦」場と化す。十三郎と神林が諸国をまわる剣術家という趣向もおもしろい。

今回は奥羽の小藩に赴き、お家騒動に用心棒としてかかわる。「夜陰が薄れ、町筋がほんのりと白んできた」など、主人公の歩行にあわせた変化の描写も冴えわたり……。

二次創作の果てに、さて、全く新たな物語がうまれるか。こんな期待もまたブームに参加する楽しみのひとつである。

㉒安住版『蟬しぐれ』に、独特な陰影ときらめき

安住洋子 Azumi Yoko

『遙かなる城沼《じょうぬま》』 小学館文庫

ここには、自然がたっぷりと盛られている。

たとえば――「城沼に風が渡り、岸辺の枯れた葦が乾いた音を立て靡《なび》いている。風は日増しに冷たくなってきていた。日が西に傾き水面の微かな波にうすく朱色が混じり、城沼の先に聳え建つ尾曳《おびき》城が黒く影を落とし始めていた」。

明と暗、大と小といった事象の空間的なコントラストがおさえられ、同時に、季節と日の時間的推移がえがかれる。これがそのまま、城沼のある館林藩で、さまざまな出来事を経て成長してゆく青春群像にかさなる。

みごとな自然描写といわねばならない。

藤沢周平に山本周五郎。わたしを時代小説の沃野に導いてくれた二人の作家ゆえに、「その後」が気になる。「周五郎の再来」という読者の期待の地平から姿をあらわす周平は、やがて独自の世界をつくりあげた。

では、「周平の再来」はどうか。最も期待された北重人はすでに亡く、葉室麟は『蜩ノ記』辺りから大きく逸れたが、抑制された静かな情感と多彩な自然描写で藤沢周平を引き継ぐ安住洋子は健在。とりわけ本作品は、周平へのオマージュにあふれる、安住版『蟬しぐれ』となっていよう。

下級藩士の村瀬家の長男惣一郎を軸に、傑出した秀才の弟、剣術に秀でる妹、左手に謎の傷をもつ父がいて、塾と道場の友、同い年の梅次と寿太郎がいる。幼馴染の三人は、城沼に棲み館林を守るといわれる青龍を、いつか一緒に見たいと思っていた。しかし、まどろむが如き平穏な時はたちまちすぎてゆき、それぞれの進路がはっきりするころ、財政の逼迫する藩を二分する勢力の争いが顕在化し、国替えの圧力もにわかに高まりをみせるのだった――。

藤沢周平山脈の一角を確保するとともに、喜怒哀楽を分かちあう清新な青春群像に、独特な陰影ときらめきをあたえた秀作だ。

㉓ 血塗られた変異の連続、時代伝奇の王道をゆく

都筑道夫 Tsuzuki Michio

『変幻黄金鬼　幽鬼伝　都筑道夫時代小説コレクション4』 戎光祥出版

「おれか。おれは天草四郎後裔、天草小天治というものだ。おぼえておけ。いまに江戸城へ、おれのあやつる無数の人間が、血刀をふりまわしに行くぞ」

こんな言葉を聞いて、こころのざわつかぬ者がいるだろうか。

「天草四郎」でおどろき、「後裔」で少しひく。そして、「天草小天治」——悲劇性に仰々しさと滑稽感がくわわり、左翼小児病または中二病的雰囲気をただよわせる。次いで、権力の中枢にむかう途方もない惨劇のイメージの跳梁だ。小天治に、そんなことがほんとうに可能なのか。

時代小説では「なめくじ長屋捕物さわぎ」シリーズで知られる、SFおよび推理小説界の巨人、都筑道夫の怪作「幽鬼伝」の一節である。評論家でアンソロジストとしても活躍する日下三蔵による選りすぐりの「時代小説名作館」は、現今の時代小説に手薄な伝奇、SF、捕物などの傑作を集める。長篇「幽鬼伝」は「都筑道夫時代小説コレクション4」に、二十代初めに書いた「変幻黄金鬼」などとともに収められている。

怨みと妖術の鬼、小天治が江戸の町で次つぎにひきおこす血塗られた変異にむきあうのは、鉄製の数珠を武器とする岡っ引きの念仏の弥八、元同心の隠居稲生外記、外記の若きパートナーで千里眼などの超能力をもつ盲目の美女、涙。「念仏のまき」から「河童のまき」まで、あるいは鉄仏がたちあがり、死びとが走り、あるいは犬の大群が波打ち、雪のかたまりが動き、あるいは河童が川に人をひきずりこんで、いよいよ江戸城大襲撃の「怪火のまき」となる。公方さまへの怨みはお城で晴らせ、町人を殺すのは許せねえと、弥八たちも負けてはいないのだが——。

穏やかな江戸市中が突如陰り、想像を超えた変異が連続して、拠って立つ地盤がゆらぐ。伝奇時代小説の王道をゆく作品である。

㉔ 生と性が横溢する日々に、破滅が大きく口を開いた

山本兼一 Yamamoto Kenichi

『心中しぐれ吉原』

ハルキ文庫

心中と、もうひとつの心中のあいだに、生と性が横溢する。

執拗で熱気にみち無時間の豪奢な愉悦がつづくかにみえて、あっという間の生のいとなみに、作者の死生観が滲みだしていよう。

今年二月に急逝した山本兼一の遺作のひとつで、帯には「最後の恋愛時代小説」とある。趣向からすればこれにミステリー的要素がくわわり、主なステージが吉原とくれば、吉原・恋愛・時代もの・ミステリーという盛り沢山の物語となる。しかも——ラストは一気に破滅へとつきすすむのだ。

この夏に刊行された遺作『修羅走る　関ヶ原』が戦国時代を舞台にするのに対し、本作品は江戸市井を舞台とする。時代小説における対極的な設定の二作だが、物語からたちあがる生と死の不可避の葛藤はきわめてよく似ている。

女房のみつが、不忍池のほとりの出逢茶屋で心中した。相手は当代一の若手人気役者。蔵前の札差《ふださし》大口屋の若き主、文七にとって、それはまさに青天の霹靂だった。周囲の誰もが心中と認めても、文

七はみつの死に顔に刻印された苦痛から、他殺を疑わない。

時は寛政。老中松平定信の幕政改革はすすみ、旗本・御家人救済のための徳政令（棄損令）がでるとの噂がとびかう。貸金がすべて棒引きされれば、札差は破産する。ちょうどそのころ、大口屋の大旦那が八人の分家にしかけた勝負に勝った文七は、花魁《おいらん》の瀬川を得た。棄損令で店を畳むことをきめた文七は瀬川を身請けし、向島の田舎で幸せな日々を送るのだが――女房の心中事件の真相と今とがかさなったとき、二人の前に突然の破滅が大きく口を開くのだった。

治癒の見込みのない肩は男に果てしない激痛を強い、女もまた腸に不治の傷を負う。そんな男と女の痛い、痛すぎる心中劇に、作者はなにを託したのか。

㉕凍えるような孤立感、絶望の淵でむすびつく

小杉健治 Kosugi Kenji

『追われ者半次郎』

宝島社文庫

凍えるような孤立感だ。

失い、見捨てられ、裏切られ、身に覚えのない殺人の罪をきせられた若い上州無宿半次郎は自問する。「生きていて楽しいのか。毎日汗水流して働いてもこんな暮らしじゃねえか。帰ってきても誰かが待っているわけじゃねえ。そんな暮らしで満足なのか」。

そして、数少ない味方の吉蔵に吐き捨てるように言う。「あっしの夢はもう潰えてしまったんでさ」。上州のとある宿場で宿場女郎お里と一夜をともにした半次郎は、その夜江戸で起きた押し込み殺人の犯人にされてしまう。

半次郎を憎む岡っ引きの執拗な追跡をかわし、お里を探しつつ、真犯人をつきとめようするのだが、半次郎の孤立感は深まるばかりだった……。

無宿ものに孤立感はつきものにせよ、かくまでに孤立感が全編にしみわたる物語はめずらしい。無宿ものにながれる感情の底の底にとどく。半次郎の凍える感情にふれ、自身のそれがうずく読者も多

いだろう。

タイトルからすでに切ない『追われ者半次郎』は、デビューから三十年余、法廷もののミステリーと人情時代小説のベテラン小杉健治にしてはじめて可能になった時代もののミステリーである。物語は、不可解な事件の「謎」の解明を動因にしている。しかしその解明は、半次郎の孤立をいっそう深めるとともに、お里をはじめ事件にかかわる人びとそれぞれの、若い半次郎よりもはるかに深く長い孤立を次つぎにつれてくる。

そして半次郎が独り、おのれの孤立をさしだし罪を背負ったとき、獄門前の市中引き回しの、驚くべきシーンがはじまった。野次馬の怒号のなか、去ったはずの懐かしい人びとが夢のようにあらわれる。絶望の淵ではじめてむすびつく人びとの孤立が、奇跡のようにかがやき、至福の瞬間がくる――。

㉖猫と生きる喜びと不安、人の孤独をうつしだす

風野真知雄 Kazeno Machio　『歌川国芳 猫づくし』　文春文庫

猫好きには、なんともたまらぬ作品だろう。本のカバーには江戸後期の名高い浮世絵師、歌川国芳がえがいた、きかんきのつよそうな白茶猫の雄姿がおどる。しかもタイトルには「猫づくし」――これに魅かれて手にとる読者も多いはずだ。わたしがそうだった。

絶大な人気を誇る若き八代目市川団十郎が、突如、大坂で自害した。上方に行く数日前、エビと呼ぶ愛猫がいなくなり、八代目は捜しまわっていたらしい。国芳の夢枕にあらわれた団十郎の幽霊は、役者の寂しさを語り、真っ暗な夜につぶやく。「膝に猫もいないのに、こんな夜を耐えろって、そりゃあ無理ってもんだ」。

役者がそうなら絵師もおなじ、この時代を生きている人が相手で、あとは消えてもしょうがないと思う国芳は、見つかったエビを団十郎と名づけて飼う。振り向くさまは、まるで八代目が舞台で見得を切るみたいだった――。

猫が人の孤独と不安、寂しさと悲しさをてらしだすとともに、ともに生きる喜びを躍動感いっぱい

につれてくる。好篇「団十郎の幽霊」である。これをラストに配置した本書には、「下手の横好き」以下全七話が収められている。一話ごとにかかわる猫はちがう。

一匹でもじゅうぶんに一話をなりたたせるのだとしたら、さて、今は八匹だが多いときには二十匹をこえる猫を飼っていた主人公国芳は、いったいどれほどの孤独と闇をかかえていたのか。そう読者に想像させずにはおかぬ趣向がひかる。

やがて国芳の心の闇が物語にひろがり、あるいはお上の表現取締への怯えをはしらせ、あるいは表現をもとめる者の狂気をよびよせる。あるいは家族関係の複雑さをうかびあがらせ、あるいは北斎の娘お栄のむごい老残をうつす。

——こうなると猫好きだけの愛読書にするにはもったいないないか。

㉗ 捕物を借りた人間劇、一語一語が重く濃密

あさのあつこ Asano Atsuko

『冬天《とうてん》の昴《すばる》』

光文社時代小説文庫

ずっしりと重い。

重い、重い、重すぎる。

あさのあつこの「弥勒」シリーズ。『弥勒の月』（二〇〇六）、『夜叉桜』（二〇〇七）と対極的なタイトルではじまったシリーズも、『木練柿』（二〇〇九）、『東雲の途』（二〇一二）とつづき、本作品『冬天の昴』で五作目。書き下ろし文庫でシリーズもの時代小説が猛烈な勢いで連射されている現在、「弥勒」シリーズの刊行スピードはゆっくりしすぎているかにみえる。が、一作でもこのシリーズにふれたことがある者ならきっと、これでもはやすぎる、と思うだろう。

一作、一作が重いのだ。物語をつくりあげている登場人物一人ひとり、その言葉と感情の一つひとつ、一挙手一投足のことごとくが、ずっしりと重く濃密なのである。

さらっとした薄味の時代小説が好みの読者は近づくな。反対にそんな時代小説が大嫌いな者こそ、本シリーズにうってつけの読者といわねばならない。「人ってのは、おもしれえ。……弥勒にも夜叉

にも、鬼にも仏にもなれるのが人なのだ。身の内に弥勒を育み、夜叉を飼う。鬼を潜ませ、仏を住まわせる。／ああ、おもしれえ。ぞくぞく背中が震えるじゃねえか」（『夜叉桜』）。こんな振幅の大きな言葉がはてしなく連鎖する。

五作目になっても傾向は変わらない。

北定町廻り同心の小暮信次郎、岡っ引の伊佐治、元侍で今は小間物問屋主人の遠野清之介。それぞれ心に闇をひめるお馴染みの面々が、今回直面するのは武士と女郎の心中事件。血なまぐさい現場にまして咽《む》せかえるのは、人と人とのかかわりの凄絶さである。

そんな凄絶さをあぶりだす事件が解決しても、人と人との関係は終わらない。

「捕物」を借りた濃厚すぎる人間関係劇を、今回もわたしはぞくぞくしながら、一語一語、堪能したのだった。

㉘時代小説の暗黒が露出、動と静とが激しく交錯

鳥羽 亮 Toba Ryo

『冥府《めいふ》に候《そうろう》』

祥伝社文庫

本作品は映像化を拒む。どんなにすさまじいスプラッター（血しぶき）系ホラー映画でもとどくまい。刀をあつかう侍たちの最暗黒が、ひいては時代小説ならではの暗黒が、血の噴出、肉と骨の切断によってむきだしになるからだ。

主人公鬼塚雲十郎は、世に「首斬り浅右衛門」と呼ばれ恐れられる山田浅右衛門の道場の門弟で、死体を斬るための刀法（試刀術）と首打ちの術を学ぶ。陸奥国畠沢藩の家臣で、近い将来、藩専属の介錯人になるべく修行中の身なのである。だから物語冒頭から、ザバッと音をたて、人体に見立てた巻藁が両断される。

しかし、これは、ただ凄惨なだけの残酷物語ではない。斬首や切腹の介錯は、斬られる者の心を静め、気持ちを落ち着かせることなしには全うできない。これは斬る者とて同じ。首斬り雲十郎は、迅速で精確な太刀の技を磨きあげると同時に、心の安寧をみずから保ち他にもおよぼす精神の境地に達しなければならない。

かくして、雲十郎を機軸に、凄惨さと安らぎ、暗と明、動と静とがめまぐるしく交錯しつつ、ついには解放的な頂へといたる、秀逸な物語が姿をあらわす——。

シリーズ第一弾の本作品では、畠沢藩内部の権力闘争が、江戸屋敷にもおよび、国許から送られた恐るべき刺客と雲十郎が対決する。そこに藩の隠密組織 梟《ふくろう》組の女らがからむといった、藤沢周平の『用心棒日月抄』シリーズを思わせる物語が展開する。

佐伯泰英は別格として、小杉健治、鈴木英治、上田秀人らとならび、いまや文庫書き下ろしシリーズものを代表する作者のひとりとなった鳥羽亮。

堅固な骨組みのうちに、激越さと穏やかさとが交錯し、暗い詩情がみちる独特な世界を満喫するには、本作品は格好の入り口となるだろう。

㉙異様に孤独な兵法者に、「はやさ」が連鎖する

柴田錬三郎 Shibata Renzaburo 『剣豪小説傑作選 一刀両断』 新潮文庫

はやい、はやい、はやい。

剣がはやい。脚がはやい。場面の転換がはやい。時がはやい。月日がはやい。人の成長がはやい。そして、人の死までも……。はやい、なんとも、はやすぎる。

柴田錬三郎の剣豪小説を読むたびに、わたしはいつも、物語の真の主人公ともいうべき「はやさ」におどろき、翻弄され、気がつくとなぜかつよく魅せられている。

たとえば、「瞬間、無声の気合もろとも、白刃が、電光のごとく、閃き出た。／卜伝は、風のごとく、奔った。／そのあとに――。」襲撃者の死体がたおれかかる。また、「十兵衛は岩へ足をつけるやいなや、抜き討ちに、／「やっ！」／と飛沫の下へ白刃をあびせた。次の刹那」などなど。

短い言葉のみごとに演じる「はやさ」が連鎖し、やがてその軌跡は、どこからかむくむくとわきでる虚無につつみこまれ跡形もなくなる。

名流塚原卜伝に疎まれ捨てられた息子塚原彦六、おそるべき天才小野次郎右衛門、唯一人宮本武蔵

だけを追いつづける剣鬼宮本無三四、荒木又右衛門に卑劣の策をもって討たれる桜井半兵衛、大名暗殺を敢行する下斗米秀之進、母を斬ることからうまれた孤独な剣客上田馬之助ほか。実在の剣豪をえがいた短篇がならぶ。

剣豪小説におなじみの、明るさや爽快さはみじんもない。

異様に陰気な兵法者が、あたりに暗い視線を投げ、絶望の独語を発し、賭けた一瞬に暗黒をみる——といった展開は、柴錬ならではだ。

高度経済成長期のはじまりに一世を風靡した柴錬の剣豪小説の「はやさ」と虚無は、社会の底にとどいていた、といわれる。

戦後がとっくに終わり、社会が猛スピードで悪しき方向にころがりだした現在、この剣豪小説がとどくのは奈辺か。

あるいは、いつの世も人生は無常迅速ということなのか。

30 たえまなき驚きの更新、死闘が権力への謀叛に

山田正紀 Yamada Masaki

『神君幻法帖《しんくんげんぼうちょう》』

徳間文庫

奇怪な名前の、異形の者が静かにあらわれる。すると、まるでこの者によびよせられるように、いっそう奇怪な名のさらに異形の者が出現、型破りでぶっ飛んだ体術を駆使して対峙する。一組ではない。次つぎに、前の組に勝るとも劣らぬ者たちが登場し、奇想天外な争いが延々とくりひろげられる。たえまなき驚きの更新——読者は息つく暇もない。

多ジャンルで異才を発揮しつづけてきた山田正紀の『神君幻法帖』は、山田風太郎『甲賀忍法帖』へのオマージュとなった。

山田忍法帖の始まりであり、チーム対決ものの起源とみなされる『甲賀忍法帖』が、甲賀忍者十人衆と伊賀忍者十人衆との死闘なら、本作品は日光山の幻法者二派、摩多羅一族七人と山王族七人との死力を尽くした争いだ。

幻法者、幻法、幻者とは耳慣れぬ言葉だろう。幻者は、惣村《そうそん》（共同体）の外でひっそり生きる「無縁者」「公界者」であり、それぞれに特殊な能力を磨き、世の常ならぬ人になっていた、とされる。

風太郎版「忍者」が闇を疾駆するとすれば、正紀版「幻者」はさらに深く広大な歴史の闇に跳梁する。

神君家康が死んだ。

神霊はいったん久能山《くのうざん》に葬られた後、日光山に移されることになった。その行列の二つの輿車《よしゃ》の先陣争いが、幻法者二派に下された。「苦しゅうない、よろこんで死に候え」との竹千代君（後の将軍家光）の常軌を逸した笑い声がかぶさる。

権力の意味不明かつ理不尽な要請に、しかし、二派の幻者は各々の術のすべてをかけて闘う。ついには互いの術を称賛し死にいたるライバル同士の熱いむすびつきは、相互の不信感渦巻く権力への嘲笑であり、権力に対する幻者の謀叛をたぐりよせるのだった。

31 司馬版歴史小説と真逆、歴史に伝奇性がみちる

武内 涼 Takeuchi Ryo

『秀吉を討て』

角川文庫

この者の執拗さを見よ。

敗れても敗れても敗れても、あきらめない。

むしろ思いはいっそうつよまるばかりだ。

もはや勝者はきまった。圧倒的な力をもつ秀吉を倒せる勢力はない。天下は秀吉にあり。

だからこそ秀吉は、じぶんが討つ――。

すでに物語のラストちかく、甲賀忍者の「根来の男、何ゆえうぬは天下を乱すっ」との問いかけに、根来忍者林空は言い放つ。

「わたしの見てきた全てが――秀吉を討てと告げている」

物語の始まりにひびく頭領の「秀吉を討て」という言葉は、敗退の物語の隅々へ静かにだが確実に浸透し、怒りではちきれそうになった林空の心身は、秀吉をもとめ炸裂しつづける。民衆世界の富と紀州にめばえた共和国を蹂躙する秀吉は、断じて許せぬ。

『秀吉を討て』は、新鋭武内涼初の連載長篇小説である。『忍びの森』および『戦都の陰陽師』シリーズが伝奇系（ファンタジー系）時代小説なら、これは史実に沿う歴史小説へとやや傾くか。

伝奇小説から出発し歴史小説に転じた者に司馬遼太郎がおり、本作品は司馬へのリスペクトが明らかだが、まず歴史観がまるでちがう。

歴史における英雄豪傑の跳梁跋扈を認めず、横につながった民の幸福を踏みにじるどんな権力をも認めない。そうあるべきにもかかわらず、そうでなかった歴史の暗黒に立ちむかう武内涼の作品がファンタジー的趣きをもたないはずはない。ならば、勝者の歴史（正史）に接近すればするほど、忍者を噴出口とする民衆の闇の稗史は濃度をますだろう。

伝奇を排した司馬版歴史小説とは真逆の、歴史のうちに伝奇がみちる特異な小説がここに誕生したといってよい。

㉜ 伝奇と人情が相補い、心と世を変えていく

仁木英之 Niki Hideyuki

『くるすの残光』

祥伝社文庫（全五巻）

島原一揆の最終局面――。

迫る死を意識し天草四郎は、復活にいたる驚愕のプロセスを同志に語った。わが心にある七つの罪は、形見にして世に放つ。わが肉を受けつぐ同志は、穢れの淵から形見を引きあげ、復活に備えよ、と。

かくして四人の同志（修道騎士）と、慈愛と残虐の種を四郎から授けられた少年寅太郎が、穢《けが》れの魔都江戸に送られた。

四郎は、世の汚穢《おわい》と苦悩をいっそう深めることによってのみ、新たな世の扉が開くと考える。世の否定性を反対の肯定性で糊塗するのではなく、否定性を激化させることで、否定性を突きぬけようとするのだ。かかる過激な変革思想を物語冒頭におく仁木英之の『くるすの残党』が、長く暗澹とした物語にならぬわけがない。

しかし、江戸で修道騎士と寅太郎を待っていたのは、大目付井上政重配下の切支丹狩り専門の精鋭「闇羅衆」や、不穏な形見を得て野望を募らせる蔵奉行大舘義之および「南部隠」との熾烈な暗闘ば

かりではなかった。

待っていたのは、無口で無愛想な寅太郎の面倒をみ、やがてじつの子のように可愛がる植木職人庄吉と女房たまであり、二人の住む貧乏長屋のほのぼのとした明るさでもあった……。

この作者初の時代小説『飯綱颪《いづなおろし》——十六夜長屋日月抄』（二〇〇六年）でも試みられた「伝奇もの」と「市井もの（人情もの）」の合体である。伝奇・非日常が、市井・日常の闇を掘りおこし、日常のほの明るい反復が、非日常の残酷な切断を癒す。過激な変革思想と、日々をねばりづよく生きる者の思いが相補い、人の心と世の中をゆっくり変えていく。

一人ひとりのキャラがたつとともに、緩急、硬軟自在な思想実験の物語になっている。

㉝ 勝者のえがく正史を覆し、叛乱と敗北の闇にとどく

乾 緑郎 Inui Rokuro

『鬼と三日月 山中鹿之介、参る！』

物語には冒頭から、悲劇のにおいが濃厚にたちこめる。同時に、物語には悲劇をおしかえすのような、不穏さもまた色濃い。

敗北につぐ敗北、いくつもの壊滅を生きつづけた戦国の将、おなじみ山中鹿之介の物語ゆえか。本書は、まことにスケールのおおきな時代伝奇小説である。

いったい時代伝奇小説とはなにか。

端的に言おう。無意識のうちに正史（今に至る勝者の描く歴史）の囚人になっていたわたしたちを遠い過去にさかのぼって覆し、権力者の正史とは異なる別の見方、ヴィジョンがありうることを、奇異かつ壮大なイメージの連鎖によって示す小説のことだ。

わたしたちの記憶の転覆は、現在の転覆となり、未来の転覆へとつながるだろう。

乾緑郎は、デビュー作『忍び外伝』（二〇一〇年）で稀代の幻術師果心居士《かしんこじ》を登場させ、つづく『忍び秘伝』（二〇一一年）では「飛び加藤」の異名をとる謎の忍者、加藤段蔵を跳梁跋扈させた。いずれ

朝日新聞出版

も歴史の表舞台にあらわれぬ影の存在である。

本作品の主人公山中鹿之介も、実在の人物とはいえ、主家尼子氏再興を目指し強大な毛利氏に挑むも遂に果たせず、歴史の影へと送りこまれた悲劇の武将といってよい。

しかし、本作品にあって、時代ものの定番の一つである鹿之介の物語は、さらに深く不穏な叛乱と敗北の闇を上方からかすかに照らしだすための灯火にすぎない。

そんな闇の一端をになうのが尼子氏に巣食う謎の集団鉢屋衆。

朝廷に土地を奪われ漂泊の民となった一族の末裔である。鉢屋衆数百年の悲願が、鹿之介の不屈の戦いと交叉するとき、叛乱の「親皇」を漆黒の闇から蘇らせた――。

時代もの伝奇小説ならではの、黒い大輪のごとき作品になっている。

おわりに　さらなる「抗い」へ

時代小説にも戦争が暗い影をおとす。

新たにかかれる時代小説は、今ここにある戦争をつよく意識するだけでなく、今ここにある戦争との抗いの一大ステージとなりつつある――。

少数者が多数者に挑む和田竜の『村上海賊の娘』、安部龍太郎の『冬を待つ城』および『維新の肖像』、吉来駿作の『火男』、争いが怪物となって出現する宮部みゆきの『荒神』などから、一六世紀末の東アジアでの凄惨な戦乱を多視点的にあつかい話題になった飯嶋和一の『星夜航行』と川越宗一の『天地に燦たり』へ、また、まつろわぬ「化物」たちが朝廷軍と戦う今村翔吾の『童の神』などへ。

これらの時代小説には、圧倒的な強者が弱者にふるう根絶やし的な暴力が突出すると同時に、その暴力にさまざまな方法で抗い、水平的につながっていく者たちが見え隠れする。

＊

時代小説の「戦争」が、そして「戦争」に抗う人びとのゆるやかな結びつきが、本書での大きなテーマになっている。

ただし、この大きなテーマは、あらかじめ設定したものではなかった。求めに応じて書いた時代小説評論、「時代小説の中の現代」をめぐる雑誌連載や週刊誌での時代小説をめぐるコラム、新聞などでの書評、文庫本化される作品の巻末解説などを書き継ぐうちに、二〇一〇年代中頃からしだいにはっきりしてきたテーマである。

テーマがはっきりしてくると、犬飼六岐『黄金の犬　真田十勇士』にも、風野真知雄『卜伝飄々』にも、武内涼『魔性納言　妖草師』にも、戦争とは一見かかわりのなさそうな多くの作品に、このテーマがたしかにひびいていると思えてきた。

おそらくこれは、ながい「戦後」がおわり、「新たな戦前」へとつきすすんでいくこの時代、この社会のありかたが関係しているのではあるまいか。

社会と時代のたんなる反映ではない。うごきのとりにくい現代小説をしりめに、伝奇もの、怪物もの、ファンタジーものなどの富を最大限活用しながら時代小説がこの時代、この社会に積極的に介入し、この時代この社会に生きる人びとの「抗う」を先導している、とわたしには思えてならない。

＊

しかし、時代小説による戦争への「抗い」は今にはじまったのではない。それはすでに二人の戦後派時代小説作家、すなわち山本周五郎と藤沢周平に先導された「時代小説ブーム」においてあきらかだった。

バブル経済崩壊後の一九九〇年代前半にはじまる時代小説ブーム（歴史小説ブームではない）は、藤沢周平を第一の表のひっぱり役とし、背後に山本周五郎のいる「市井もの」を中核とするブームだった。「市井」とは「(中国古代、井戸すなわち水のある所に人が集まり市ができたからいう)人家の集まっている所。まち。ちまた」(『広辞苑第六版』)のことで、時代小説の「市井もの」は、「町人もの」「庶民もの」ともよばれる。

歴史時代小説にかかわる戦後のブームは、五味康祐と柴田錬三郎の剣豪小説ブーム(一九五〇年代後半)、村山知義、山田風太郎らの忍法小説ブーム(一九六〇年前後)、そして、井上靖や司馬遼太郎らの歴史小説ブーム(一九六〇年代初め~七〇年代初め)とくりかえされたが、「市井もの」が中心のブームは今回がはじめてである。

ここ二五年以上つづく「市井もの」ブームに顕著なのは、戦国武将讃歌はもとより「武家もの」全般への根底的な疑いをばねにした、市井の生活者の日々の称揚だ。いいかえれば、武家社会の垂直的秩序の否定と、水平的にむすびつく人間関係の肯定である。

山本周五郎が戦後すぐ、死に急いだ戦中への深甚な反省からうみだした長篇『柳橋物語』ではじめて、やはり戦後に熱狂嫌いで戦争嫌いとなった藤沢周平がうけつぎ独特に発展させた「市井もの」の美点が、宮部みゆき、山本一力、北重人、諸田玲子、杉本章子、安住洋子、佐伯泰英、あさのあつこら、「市井もの」が中心の時代小説ブームのなか続ぞくと登場した作家たちの作品で変奏されてきたのである。

＊

時代小説ブームのなかの「市井もの」は、ともに生きる者たちの日々の喜怒哀楽と、変わらない生活の細部を豊かにうかびあがらせたが、半面、物語にあらわれる人と社会から動きを奪った。定型化による安定化、陳腐化もまぬがれえない。

しかも、二〇〇〇年代には「新しい戦争」が世界中にばらまかれ、日本でもながい戦後の終焉がはっきりすると同時に、「戦争」がいたるところで露出しはじめる。「新しい貧困」の現実もあきらかとなる。

二〇一〇年前後にあいついで登場してくる時代小説の新鋭、和田竜、武内涼、仁木秀之、犬飼六岐、乾緑郎、澤田瞳子、今村翔吾らは、ブームの江戸市井ものから離れ、悪しき現実をわずかでも変えようと、動乱の時代に生きる者たちを主人公にすえる。

とはいえ、それはかつて時代小説でおなじみだった英雄豪傑たちの復活ではない。むしろ、ながい時代小説ブームのなかで豊かに育まれてきた人びとの水平的関係を称揚するためにこそ、そして、人びとのそれぞれにかけがえのない日々を称揚するためにこそ、市井ものからいったん離れて、戦争のつづく動乱の時代にステージをうつすのだ。

これら新鋭たちの試みにひっぱられるかのように、つづくブームのなかで新たに書かれる時代小説は、今ここにある戦争をつよく意識するだけでなく、今ここにある戦争との抗いの一大ステージとなりつつある——。

＊

雑誌「グラフィケーション」の故田中和男さん、菊田彰紀さん、「サンデー毎日」の岩尾光代さん、佐藤恵さん、「週刊現代」の土屋敦さん、河出書房新社の西口徹さん、劇団Ｐカンパニーの林次樹さん、共同通信の森原龍介さん、産経新聞の三保谷浩輝さん、山形新聞の鈴木悟さん、朝日文庫の長田匡司さん、徳間文庫の柳久美子さん、集英社文庫の斉藤和寿さん、ほかの担当編集者の方がたに感謝したい。本書の出版企画をすすめていただいた駒草出版の浅香宏二さんに感謝する。

本研究の一部は、科学研究費補助金（課題番号・ＪＰ２５３７０２３９　研究課題名・「歴史・時代小説ブーム」の戦後精神史）の助成を受けている。また、早稲田大学特定課題研究助成費（課題番号・２０１８Ｂ‐０４３　課題名・日本近代における「歴史小説・時代小説」の生成と展開の研究）の助成を受けた。

二〇一九年二月二五日

高橋敏夫

初出一覧

第Ⅰ部「死」の物語に抗う「生」の物語

1 「勧強懲弱」時代の「勧弱懲強」物語／和田竜『村上海賊の娘』「グラフィケーション」2013／11

2 屈辱の歴史、ほとばしる怒り／安部龍太郎『冬を待つ城』「グラフィケーション」2015／3

3 希望は人びとが変わること／宮部みゆき『荒神』「週刊現代」2014／9／13

4 日本的死の美学を、突きやぶる／山本周五郎『生きている源八』「グラフィケーション」2014／5

5 生きつづける西郷隆盛が「明治一五〇年」を問いなおす／海音寺潮五郎『西郷と大久保と久光』朝日文庫解説 2017／12

6 けっして、あきらめない／小嵐九八郎『我れ、美に殉ず』「グラフィケーション」2014／9

7 過去にさかのぼり別の世界への通路をこじあける／安部龍太郎『維新の肖像』「グラフィケーション」2016／5

8 快哉をもとめて憂鬱をおそれず／福田善之『猿飛佐助の憂鬱』「猿飛佐助の憂鬱」演劇公演パンフレット 2014／3

9 家康を討てば戦争は起こらない／柴田錬三郎『真田十勇士』集英社文庫解説 2016／8

10 恨みの鎖を愉しく断つ／井上ひさし『ムサシ』「国文学解釈と鑑賞」2011／2

11 「死」を言祝がぬ人びとのほうへ／藤沢周平、山本周五郎、井上ひさし、それぞれの戦争から
「KAWADE道の手帖 作家と戦争――太平洋戦争70年」2011／6

12 生きつづける藤沢周平／生誕九十年、没後二十年によせて 山形新聞 2017／12／19-21

13 人と社会の暗黒領域を探索する／宮部みゆき『泣き童子』角川文庫解説 2016／6

14 「市井もの」に貧困が回帰しはじめた／諸田玲子『王朝小遊記』　「グラフィケーション」2014／9
15 無宿ものの「孤立感」が極まりをみせる／小杉健治『追われ者半次郎』　「グラフィケーション」2014／11
16 「戦後」論としての江戸物語／武内涼『人斬り草 妖草師』　徳間文庫解説 2015／3
17 苦境こそが晴れ舞台／山本一力『千両かんばん』　新潮文庫解説 2015／11
18 黒い歴史を切り裂く閃光／乾緑郎『塞の巫女 甲州忍び秘伝』　朝日文庫解説 2014／9
19 「滅亡の物語」から「誕生の物語」へ／小前亮『三国志姜維伝 諸葛孔明の遺志を継ぐ者』　朝日文庫解説 2014／12
20 変わらぬなら、この自分が変える／あさのあつこ『東雲の途』　光文社時代小説文庫解説 2014／8
21 日々のたたかいは次つぎに引き継がれる／帚木蓬生『天に星 地に花』　「グラフィケーション」2015／1
22 「変化」は点から線へ、そして面へ／飯嶋和一『狗賓童子の島』　「グラフィケーション」2015／5
23 よしよし、正造がきっと敵討してあげますぞ／城山三郎『辛酸』　「グラフィケーション」2007／9
24 一緒になればやれないことはない／三好十郎『斬られの仙太』　「グラフィケーション」2009／3
25 水平線にきらめく「なかま」の光景へ／山本兼一『銀の島』　朝日文庫解説 2014／5
26 ともにたたかう「なかま」が共和国／佐々木譲『婢伝五稜郭』　朝日文庫解説 2013／10
27 時代ものの終わりと始まり／福田善之との対談　「グラフィケーション」2015／1

第二部　堅固な歴史的常識をゆさぶる

1 歴史時代小説の新たな起源に／飯嶋和一『星夜航行』　産経新聞 2018／8／4

2　戦争への疑問、制度への怒り、共生への夢／川越宗一『天地に燦たり』　共同通信　2018／7／26
3　動乱の時代の暗黒に一筋の光をみいだす／澤田瞳子『火定』　共同通信　2018／1／11
4　おどろきの転倒が次つぎに／馳星周『比ぶ者なき』　共同通信　2017／1／5
5　みなが対等な仲間、難事を楽しむ仕事人／犬飼六岐『黄金の犬　真田十勇士』「サンデー毎日」2016／3／9
6　むやみに戦わない、鍋蓋持った剣豪がゆく／風野真知雄『ト伝飄々』「サンデー毎日」2015／10／11
7　最大不幸は権力の横暴、中年男が再起する／諸田玲子『破落戸　あくじゃれ飄六』「サンデー毎日」2015／7／12
8　苦難に鍛えられた、平和への志／火坂雅志『天下　家康伝』　共同通信　2015／6／4
9　民の平和実現への願い、若い仲間の伝奇活劇譚／武内涼『魔性納言　妖草師』「サンデー毎日」2016／3／6
10　超異形の捕物帳、おなじみなのに新鮮／あさのあつこ『地に巣くう』「サンデー毎日」2016／1／13
11　最後の浮世絵師たち、至福の思いが噴出する／梶よう子『ヨイ豊』「サンデー毎日」2016／1／3
12　常軌を逸した醍醐味、言葉を発しない浪人者／鈴木英治『無言殺剣　大名討ち』「サンデー毎日」2015／12／6
13　激動の時代をくぐった、あきらめない男／伊東潤『鯨分限』「サンデー毎日」2015／11／8
14　常識の変更に向かう、闇の中の一瞬の輝き／小嵐九八郎『鬼の花火師　玉屋市郎兵衛』「サンデー毎日」2015／9／6
15　血なまぐさい滑稽譚、美食大食いの母の為／柴田錬三郎『御家人斬九郎』「サンデー毎日」2015／8／9
16　己だけの刀をめざす、表現者の強烈な思い／山本兼一『おれは清麿』「サンデー毎日」2015／6／14
17　茶会がはりつめた静けさの場となった／葉室麟『山月庵茶会記』「週刊現代」2015／5／9
18　退場もまた忍者らしく、陰に始まり陰に終わる／戸部新十郎『最後の忍び　忍者小説セレクション』「サンデー毎日」2015／5／10-17

19 再生へのつよい希求が、人と人とをつなぐ／杉本章子『起き姫 口入れ屋のおんな』「サンデー毎日」2015／4／12
20 石田三成像の転倒、一筋の希望を未来へ／岩井三四二『三成の不思議なる条々』「サンデー毎日」2015／3／15
21 移動する用心棒が二人、二次創作の楽しみかた／鳥羽亮『用心棒血戦記 奥羽密殺街道』「サンデー毎日」2015／2／15
22 安住版『蝉しぐれ』に、独特な陰影ときらめき／安住洋子『遥かなる城沼』「サンデー毎日」2015／1／18
23 血塗られた変異の連続、時代伝奇の王道をゆく／都筑道夫『変幻黄金鬼 幽鬼伝 都筑道夫時代小説コレクション4』「サンデー毎日」2014／12／14
24 生と性が横溢する日々に、破滅が大きく口を開いた／山本兼一『心中しぐれ吉原』「サンデー毎日」2014／11／16
25 凍えるような孤立感、絶望の淵でむすびつく／小杉健治『追われ者半次郎』「サンデー毎日」2014／10／19
26 猫と生きる喜びと不安、人の孤独をうつしだす／風野真知雄『歌川国芳 猫づくし』「サンデー毎日」2014／6／22
27 捕物を借りた人間劇、一語一語が重く濃密／あさのあつこ『冬天の昴』「サンデー毎日」2014／4／20
28 時代小説の暗黒が露出、動と静とが激しく交錯／鳥羽亮『冥府に候』「サンデー毎日」2014／3／23
29 異様に孤独な兵法者に、「はやさ」が連鎖する／柴田錬三郎『剣豪小説傑作選 一刀両断』「サンデー毎日」2013／12／22
30 たえまなき驚きの更新、死闘が権力への謀叛に／山田正紀『神君幻法帖』「サンデー毎日」2013／11／24
31 司馬版歴史小説と真逆、歴史に伝奇性がみちる／武内涼『秀吉を討て』「サンデー毎日」2013／10／27
32 伝奇と人情が相補い、心と世を変えていく／仁木英之『くるすの残光』「サンデー毎日」2013／9／1
33 勝者のえがく正史を覆し、叛乱と敗北の闇にとどく／乾緑郎『鬼と三日月 山中鹿之介、参る！』「サンデー毎日」2013／6／30

［著者］**高橋敏夫**（たかはし としお）
1952年生まれ。文芸評論家、早稲田大学文学部・大学院文学研究科教授。早稲田大学第一文学部卒業、同大学大学院文学研究科博士課程満期退学。『藤沢周平 負を生きる物語』、『ホラー小説でめぐる「現代文学論」』、『理由なき殺人の物語――「大菩薩峠」をめぐって』、『井上ひさし 希望としての笑い』、『松本清張「隠蔽と暴露」の作家』など著書多数。

抗《あらが》う
時代小説と今ここにある「戦争」

2019年 3月31日 初版発行

著　者　高橋敏夫《たかはしとしお》

発行人　井上弘治
発行所　駒草出版　株式会社ダンク出版事業部
〒110-0016　東京都台東区台東1-7-1 邦洋秋葉原ビル2階
電話 03-3834-9087
http://www.komakusa-pub.jp

印刷・製本　シナノ印刷株式会社

ISBN978-4-909646-18-7 C0095